愿有岁月可回首，
且以深情共白头
——听听民国那时他们的爱情

汪晓寒 著

中国华侨出版社

序

听听那时他们的爱情

陈丹青和谢泳曾有过一场关于"今天，为什么谈论民国"的讨论，内容非常有意思，也很吸引读者。然而，让我更感兴趣的却不是这场讨论的内容，而是标题。

关于"民国热"，这些年来讨论不休，荧屏上的各种民国剧更是掀起一波又一波讨论热潮。我不想过多地去谈论大家怀念民国的对或错，我也不想像其他人一样去谈论为什么大家会喜欢去了解民国，我只想谈谈我所理解的那个时代，以及那个时代的爱情。

我从不否认，民国是一个混乱的年代，但正如狄更斯在《双城记》开篇中写道："那是最好的时代，也是最坏的时代。"虽然外有列强虎狼环伺，但却不乏仁人志士奋力向上；虽然内有军阀年年混战，但却不乏希冀和平之人奔走呼号；虽然战火纷飞，遍地狼烟，但却不乏热血青年投笔从戎以卫家国；虽然强权独裁，特务当道，但却不乏猛士勇者敢于与之针锋相对……

那是一个喧嚣的年代，那是一个沸腾的年代，那也是一个浪漫的年代。那个时代有感人至深的亲情，那个时代有肝胆相照的友情，那个时代也有让人心醉的爱情……

文艺复兴时期，法国著名作家蒙田曾说："我需要三件东西：爱情、友谊和图书。"对于一个作家来说，图书在某种程度上超越了大多数事物。然而，蒙田却把它排在了爱情之后。显然，爱情是一种极度迷人的存在。

在民国那个特殊的时代里，这种感情便有了一些别样的特质。

当静坐在香港滨江楼里的觉民，望着屋外深沉的夜色，提起手中的笔，在那方素帕上写下一句"意映卿卿如晤"时，他的心定然犹如刀绞，但是为了那苍生大义，他却还是选择了革命。

当年轻的钱钟书在清华古月堂前惊鸿一瞥过素雅如兰的杨绛，从此一往情深，如江南烟雨般的痴缠，后半生亦不论天涯海角，岁月流逝，都与卿相伴。

当评梅在昏黄的灯光里从信封中抽出那片君宇从香山精心折下的明亮如火的红叶，虽然她在红叶上回复了"枯萎的花篮不敢承受这鲜红的叶儿"这样凄冷的句子，但是她的心却早已沦陷。

当然，不止他们。还有朱湘和霓君，志摩和小曼，秋白和之华……每一对璧人，都是那个年代里闪耀夺目的启明星；每一对璧人的爱情，都是在那个星光四射的年代里一道又一道明媚的彩虹。

在那样一个年代里，爱了便是爱了，不爱便是不爱，没那么多矫情与算计；在那样一个年代里，如果不能携手白头，那我便送你一场幸福锦绣，没那么多凄凄惨惨、哭哭啼啼；在那样一个年代里，如果你爱，请不要走开，如果你不爱，请不要走过来，没那么多暧昧疏离。

在那样一个年代里，战火与浪漫并起，硝烟与温柔同存。

在那个年代上演了太多的才子佳人痴缠一生，在那个年代公映了太多英雄美人天各一方。

在那样一个年代里，一个又一个名字，让我们忍不住沿着历史在岁月里留下的轧痕，去看一看、听一听她们那时的爱情。

目录
CONTENTS

第一辑

在天愿作比翼鸟，在地愿为连理枝

——张学良和赵一荻

1955 年中秋节。

台北北投居所。

一个年过半百的男人正静静地在简陋的屋子里伏案写作，从他棱角分明的轮廓里，依稀可以看出这个男人年轻时的潇洒俊朗。

这个男人，是在中国历史上留下浓墨重彩一笔的张学良。而他笔下所写，则是一封情书：

Edith:

自从廿九年（1940 年 6 月）夏季你回国以来，咱们俩从未分别这样久，你大（打，自从）上月一日发觉有病，十五日去的台北，到今天正正（整整）一个半月。今天是中秋节，昨天晚上，这山上月亮好极了，我同我的小猫在球（球场）上走了有半个多钟头的路，才回屋睡觉，假如你在家，多们（多么）好玩哪……

H.C

这封信件的接收者名叫赵一荻，英文名叫 Edith，但世人更习惯叫她赵四小姐，她便是与张学良痴缠七十余载的那个传奇女子。

从这封信的内容上来看，张学良与赵一荻已经分开一段日子了。在这段日子里，张学良对她，恐怕已是思念极深。

1955 年 8 月 13 日，赵一荻夜半发烧，次日被人送至台北急诊。张学良因此一人独居，发出："剩我孤独老一位了！"的感慨。

这些深情而充满眷恋的情书，亦是在此时写的。

张学良和赵四小姐的故事，还得从许多年前的一个美丽的夜晚讲起……

惊鸿一瞥，一念情深

1912 年，赵一荻在香港出生，因此母亲为她取名"香笙"。在她出生的时候，天空出现了一道绚丽异常的霞光，所以又得名"绮霞"。

她小时候的英文名字是 Edith，因而又取其谐音，名为"一荻"。

赵一荻的父亲名叫赵庆华，曾任津、沪两地的铁路局局长和交通次长。赵庆华膝下有六男四女，一荻在女孩子中排行老四，因而又被人称为赵四小姐。

赵四小姐容貌俏丽，如琬似花，本就是个美人胚子，再加上她喜爱读书，因此显得温婉娴静，与此同时，她又极喜欢运动，这又让她在这娴静娇俏的气质里平添了几分活泼。

天津的《北洋画报》甚至还曾把她的玉照当作封面。这也足以证明当时的赵四小姐的确是个美人。

1927年5月的一天傍晚，天津颇有名气的上流社会交际场所蔡公馆正举行着一场盛大的晚会。而此时，年满16岁的赵四小姐也终于可以自由出入社交界了。

素来喜爱跳舞的赵四小姐对于蔡公馆这样名声斐然的社交场所自然是知晓的。这一天，在软磨硬泡之下，她的姐姐终于肯带她进入社交界了。

蔡公馆内，灯光迷离，音乐悠扬。与杯中荡漾着的红酒相映衬的，是舞池内翩然而舞的一朵朵魅裙。

蔡公馆内的小姐、太太们大多数都已经下了舞池，而赵四小姐却还安静地坐在蔡公馆的一个角落里，默默地品着手中的红酒，看着在舞池中翩然起舞的一对对舞伴。以赵四小姐安静娴雅的气质，自然吸引了众多青年才俊的目光，大家都争相邀她共舞，但是赵四小姐却一一婉拒。

忽然，蔡公馆内起了一阵轻轻的骚动。赵四小姐循声望去，却见一个剑眉星目、丰神俊朗的年轻人在众多侍卫的簇拥下踏着银星碎步走进了舞池。

这个人，就是张学良。

赵四小姐出身于官宦之家，对张学良这个东北少帅早有耳闻，初见少帅，发现他确实如同外界所传那般俊朗洒脱。

张学良的目光流转，自然也发现了虽然处在众多美女中，但气质却截然不同的赵四小姐。两人的目光不期而遇。张学良的嘴角掠过了一抹微笑，终于向赵四小姐伸出了邀舞的手，而赵四小姐亦欣然应允。

音乐响起，舞姿蹁跹。

在身形的交替与目光的交汇中，赵四小姐和张学良，如命中注定般——一见钟情。

凤凰于飞，虎啸东北

在与赵四小姐相识之前，张学良其实已经有了一位夫人——于凤至。

于凤至生于1897年5月，她的父亲于文斗不仅是一位富商，而且也是梨树县商会会长。

20世纪初，还混迹于山林的张学良的父亲张作霖就曾受过于文斗的照拂。后来，张作霖得知于文斗的女儿于凤至"福禄深厚，乃是凤命"。张作霖深信"将门虎子"与"凤命千金"是难得的姻缘，婚后一定会大富大贵，大吉大利，于是从那时起他便暗自许下心愿：他的儿子必与于家女儿成亲。

在张作霖做了奉天督军之后，便上门向于家求亲了。而于家也同意了。

张学良随父亲张作霖进入奉天之后，开始学习英文，在这一过程中张学良又结交了许多西方朋友，西方的"民主、自由"充斥着他的脑海，因此他对于"父母之命、媒妁之言"便越发反对。

一向精明的张作霖自然是看出了儿子心中的不满，于是便对张学良说道："你的正室原配非听我的不可，你如果不满意旧式婚姻，你和于家女儿成亲后，就叫你媳妇跟着你妈好了。你在外面再找女人，我可以不管。"

张学良无奈之下，便只得答应了这门亲事。

1914年，年仅14岁的张学良和于凤至订婚。1916年张学良和于凤至结婚，于凤至嫁入张府。

于凤至在奉天女子师范学校读书时便成绩优异，再加上良好的家庭环境，因此于凤至有着良好的家教和个人涵养。于凤至不仅智慧，而且美丽。末代皇帝爱新觉罗·溥仪的弟弟溥杰就曾盛赞于凤至"长得很美"，"她生就一张很古典的脸，清清秀秀的，宛若一枝雨后荷塘里盛开的莲。"

于凤至嫁入张府之后虽身为少奶奶，但却平易近人，善解人意，与张家的人关系都处得极好。再加上于凤至处事得当，事有见地。因此，张府的人都对于凤至十分敬重和信任。

张学良本就风流，婚后更是如此。以于凤至的聪慧，自然早已察觉出张学良的"异动"。但是她却对婚姻有着自己的一番看法："夫妻之间的关系犹如弓与箭，夫如箭，妻如弓，如果弓坏了，箭就无法射出去。"

于凤至将一切苦楚深埋心底，依旧无微不至地照顾着张学良。于凤至的用心并未白费，随着时间的推移，张学良终于被于凤至的痴情所感动。

婚后的于凤至给张学良生下了三个孩子。有一次于凤至生孩子生命垂危，张府中有人提出让于凤至的侄女儿来照顾张学良，却遭到张学良的拒绝。

少帅决然说道："我现在娶别的女人过门不是催她早死吗？即使她真的不行了，也要她同意，我才能答应。"

于凤至为张学良的话感动不已，此后，她的身体竟然慢慢好转了起来。

她曾以为这辈子自己会和张学良相守到老，然而，赵四小姐的出现却打破了这一切。

红拂夜奔，离经叛道

蔡公馆一别之后，赵四小姐对张学良已是入情极深，但是二人却一直没有再见面的机会。天公作美，1928年夏天，两人又相逢于北戴河。

经过一段时间，再相逢的张学良和赵四小姐感情更加深厚了。两人别后重逢，便再也难舍难分。他们常常携手出入于京津地区各大娱乐场所，一时为人所乐道。

赵四小姐的父亲赵庆华很快听到了这个消息，顿时怒火冲天。张学良的家世虽然不差，但是他早已有了妻室，赵四小姐跟着张学良，只有去张家做小。而以赵四小姐的容貌家世，自然可以找一个青年才俊。

为了斩断赵一荻和张学良这段情缘，赵庆华严令赵四小姐不得再进入娱乐场所，更不得和张学良有任何交集，与此同时，他还给赵四小姐迅速物色了一个门当户对的对象。

就在此时，命运的齿轮却再次转动了。1928 年 6 月 4 日，震动全国的皇姑屯事件爆发，张作霖被炸成重伤，送到沈阳后，于当日死去，秘不发丧。

直到张学良秘密潜回沈阳之后，这才公布了张作霖的死讯。张学良初掌大权，每日繁忙于公事，终于病倒。

赵四小姐听闻这个消息之后心急如焚，在六哥赵燕生的帮助下，给家里留下一张纸条之后，只身前往沈阳。

赵庆华知晓事情真相，雷霆震怒，立即登报发表声明称四女不孝，与人私奔关外，有辱门庭，声明自即日起，与女儿脱离父女关系，断绝一切往来，并宣告，自身惭愧，从此不再为官。

到了沈阳之后的赵四小姐过得也不如自己原先所预想的那般美好，因为张府中的大多数人都不允许赵四小姐进门。

失去了家庭庇护又在张府遭到冷遇的赵四小姐最终无奈，只得找到张学良的原配夫人于凤至，于凤至对于赵四小姐极为怨愤，但是也十分无奈和怜悯，因此，她给了赵四小姐张学良秘书的身份。身为大家闺秀的赵四小姐为了心爱的人，竟当即跪地叩头，表示永不忘于凤至的大恩大德。

即使被于凤至接受，但是赵四小姐还是没能住进张府，而是住进了于凤至用私房钱买下的靠近张府的一座小楼。赵四小姐住进这间小楼后并未选择阳光充足的南屋，而是选择了一间靠近东北角的阴暗潮湿的屋子。因为在这里，刚好可以看见张学良夜晚办公时的灯光。

在这座被后世称为"赵四小姐楼"的小楼里，赵四小姐度过了自己人生中最快乐的一段时光，在此期间，她还生下了与张学良唯一的儿子——

张闾琳。

而于凤至也在这样一段日子里，渐渐发现赵四小姐是一个温柔善良的痴情女子，与她的关系也渐渐好了起来。

然而，世事总是出乎人的意料。

烽火佳人，相濡以沫

"皇姑屯事件"之后，张学良决心雪国耻，报父仇，尽早实现南北统一。在经过艰难的努力说服大多数奉系军政要员后，张学良于1928年年底发表通电，表示改旗易帜，服从国民政府。

1931年9月18日，震惊中外的"九一八"事件爆发。张学良服从蒋介石的不抵抗策略，致使东北三省在短短几个月内便被日本攻占，3000万同胞成为亡国奴。

一时间，中国大地上的抗日声浪一阵高过一阵。张学良和赵四小姐也成为了这次事件的旋涡中心。人们纷纷骂张学良为"不抵抗将军"，而赵四小姐也成了众人眼中的"红颜祸水"。当时甚至还有人通过写诗来痛批二人："赵四风流朱五狂，翩翩蝴蝶最当行。温柔乡是英雄冢，哪管东师入沈阳。"

面对这种情形，赵四小姐并未辩解也未声明，只是一直默默陪伴在张学良身旁，和他一起承受着来自外界的压力。

随着抗日形势的日益严峻，1936年12月12日，为了劝谏蒋介石改变"攘外必先安内"的既定国策，停止内战，统一抗日，张学良和西北军领袖杨虎城在西安华清池发动兵谏，扣留了前来西安督战的蒋介石。

西安事变和平解决之后，蒋介石开始了对张学良长达50多年的软禁，因为怕张学良自杀，蒋介石又准许于凤至和赵四小姐其中的一人陪伴张学良。

一开始由赵四小姐陪伴，但是后来于凤至想见张学良，因此赵四小姐便带着儿子张闾琳去了香港。因为有朋友的接济和原来积攒下来的一些钱财，母子二人在香港也没有过得太差。

1940年春天，于凤至因患乳癌必须赴美国就医，时任军统局局长的戴笠给赵四小姐去电，问她是否愿意照顾张学良。

赵四小姐听到消息之后自是格外欢喜，将儿子送到美国，交给张学良的一个朋友抚养后，立即奔赴到了张学良的身边。

赵四小姐一见到张学良，便被吓了一大跳，以前那个风华正茂、丰神如玉的少帅因为长年的幽禁生涯，不仅人憔悴得不成样子，就连原来浓密乌黑的头发，也变得有些稀疏了。但是赵四小姐并未嫌弃张学良，而是默默地陪在他的身旁。

因为长期与外界不通信息的原因，张学良心中苦闷，常常对赵四小姐发火，但赵四小姐却都一一忍了下来，她清楚张学良心中的苦，也不后悔自己的选择。

随着时间的流逝，二人在漫长的岁月里，终于体会到了什么叫相濡以沫。而爱，也越发浓了。

赵四小姐曾经感慨："没有西安事变，咱俩也早完了，我早不跟你在一块了，你这乱七八糟的事情我也受不了。"

夕阳婚礼，白首不离

1946 年 11 月，张学良被移送到台湾软禁，赵四小姐也随之一同转移。在这段时间里，张学良对赵四小姐的爱和依恋也更深更浓了。

1955 年 9 月 30 日，张学良给当时还在台北就医的赵四小姐写了这样一封信：

Edith：

……现在天气凉了，可以多买几盒"维克斯"咳嗽糖来，你喉咙不好，又可代替香烟，我也常要用，因为咳嗽糖，比法国铁盒的淡。那抗生素喉片是不可以任意用的。假如买不到，你就便问一问荣大夫，他能否介绍一类同"维克斯"一样可以随便用的药片，并且可以打听打听"维克斯"糖，有无害处，如果他说"维克斯"糖很好，台北买不到，能否托人在香港买一打两打来，你看着办吧。

新竹已有新橘子上市，五元一斤，不酸，做橘子汁很好，所以美国橘子，可买可不买，随你的便，太贵，或不便就算了罢。老莫送给我一个做橘子汁等用的小机器，是用电灯电的，我们等于废物，日本制的我还没用哪，等你回来。

H.C

从这封信中可以看到张学良的殷殷关切之情，与此同时，他就连平时的一些事情，也要和赵四小姐一一交代，可见二人感情之深。

随着二人相处的时间日久，二人身边的一些人也渐渐开始建议张学良给赵四小姐一个名分。而于凤至为了张学良，感动于几十年来一直照顾着张学良的赵四小姐，则主动与张学良解除了婚约，成全了张学良与赵四小姐的爱情。

1964年7月4日，63岁的张学良与52岁的赵四小姐举行婚礼。出席这场婚礼的除了证婚的牧师外，便只有他们的十几位老友了。历经了近40载的沧桑风雨之后，这一对不离不弃的恋人终于走到了一起。

随着蒋氏父子的先后离世，张学良和赵四小姐二人也渐渐恢复了自由。1993年两人终于离开台湾，定居美国。

2000年6月22日，赵四小姐在夏威夷史特劳比医院去世。众人都在旁边啜泣着，只有张学良没有哭。他紧紧地拉着赵四小姐的手，沉默着不说一句话，不知过了几个小时，他才缓缓说出一句："她走了。"

在赵四小姐离世一年后，张学良也与世长辞，一周后与赵四小姐合葬在夏威夷。

第二辑

春心莫共花争发，一寸相思一寸灰

——林觉民致陈意映

1911年4月27日。残阳如血。昏黄的落日余晖，将气派的两广总督署安静地笼罩着，气氛与往日别无二致。突然，一阵急促的脚步声自远方而来，一群臂缠白纱，脚着黑色橡胶鞋的年轻人手握步枪，对着这象征着大清王朝的两广总督署发起了猛烈的攻击。

黎明欲晓，夜尽天明。这群年轻人的起义最终不幸失败，被残杀的革命党人，遗体血肉模糊，陈尸于街头示众，惨不忍睹。事后，同盟会会员潘达微设法收殓烈士遗骸72具，合葬于城东黄花岗，后改名黄花岗七十二烈士墓。

数日后的一个深夜，福州早题巷。一个行色匆匆的人将一个包裹偷偷塞入了一座老屋。第二日，才仓皇搬入这座老屋不久的一家人从这个包裹里发现了两封手帕写就的信——《禀父书》和《与妻书》。

写这两封信的人叫林觉民，是参与广州起义的同盟会员之一。当他怀孕数月的妻子陈意映看到这封信时，便泫然泣下，昏厥在地。耳边林觉民那熟悉而亲切的声音犹在回荡：

意映卿卿如晤：吾今以此书与汝永别矣！吾作此书时，尚是世中一人；汝看此书时，吾已成为阴间一鬼……

与君初相识，犹如故人归

1887年，林觉民出生在福州三坊七巷。他的叔父叫林孝颖，字可珊，是福建有名的学者，以诗赋著称于时。

当年林孝颖考中秀才之后，被家人逼迫与一个姓黄的女人结婚，林孝颖内心十分抗拒，结婚时连洞房都不进，更没有留下子嗣。林孝颖的哥哥看到他家中这番状况，便将自己的儿子林觉民过继给他，整个家里也显得热闹起来。

林觉民过目不忘，天资聪颖，林孝颖因此对林觉民非常疼爱，常常亲自为他讲授国文。并且对他寄予厚望，希望他能在仕途上比自己走得更远，然而林觉民对于科举考试却格外厌恶。

十三岁那年，林孝颖让他参加童生考试，虽然百般不愿，但林觉民还是参加了。不过这个叛逆的少年却并未答卷，只在空白的试卷上写下了"少年不望万户侯"七个大字后便交卷出场。

若是平常百姓家的孩子这般出格，必然会遭到父母的训斥，但是林孝颖却只是表面上批评了几句，心中却认为儿子如此傲气，日后必定不凡。

1891年，林觉民以优异成绩从侯官高等小学毕业，并考入全闽大学堂。在上高等小学时，林觉民便受到了一些进步教师的影响，接触了西方"民主"、"平等"、"自由"等思想。林觉民为人平和，善于言谈，而且十分诙谐，因此在同学之中非常受欢迎。与此同时，林觉民非常关心天下大事，常常和同学一起谈论时局，并且认为"中国非革命无以自强"。他的校长曾在他的嗣父林孝颖面前夸赞："是儿不凡，曷少宽假，以养其刚大浩然之气。"

进入大学堂后的林觉民对西方进步思想更加如饥似渴，不仅常常翻阅《苏报》《警世钟》这类进步书籍，更和黄光弼等人发起组织了学生联合会。同时他还加入了"汉族独立会"，并从事联络福建陆军工作。林觉民因不满官立学堂的腐败，又和几个朋友在城北创办了一所私立小学，接着又在城南创设阅报所，陈列《革命军》《猛回头》等进步书刊，供人阅览。

一次，林觉民在闽县城七星庙作《挽救垂亡之中国》的演讲，讲到激动之处，抚胸顿足，声泪俱下。在场众多听众，无不屏息凝神，深受感染。当时大学堂的一个学监恰逢在场，听罢肃然而叹："亡大清者，必此辈也！"

林觉民的行为不免让林孝颖感到忧喜参半，喜的是林觉民的日渐成熟，忧的是林觉民在革命这条路上走得太决绝，只怕将来的某天，自己会白发人送黑发人。为了让林觉民的心安定下来，林孝颖作了一个决定——让林觉民娶亲。

林孝颖自己因为包办婚姻戕害而一直郁郁寡欢，然而他却也未能摆脱"父母之命，媒妁之言"的旧俗，坚持为林觉民挑选妻子。但或许是知子莫若父，虽然依旧是包办婚姻，但是他却相信他为林觉民选的这位妻子一定会和林觉民脾气相合。

林觉民的妻子叫陈意映，是出身名门的大家闺秀，末代皇帝溥仪的老师陈宝琛和曾任清政府刑部尚书的陈若霖皆是其同族。陈意映不仅知书达礼，且喜好诗书，尤擅文墨，至今还有她所著的咏《红楼梦》人物诗一卷存世。

1905 年，十八岁的林觉民迎娶十七岁的陈意映，就如诗歌所言"与君初相识，犹如故人归。"虽然互不相识，但有着相同爱好的他们却仿佛久别重逢。

从此，一段历经百年，令无数人动容的唯美绝爱便永久地镌刻在历史的浪漫丰碑上。

红袖添香，琴瑟和鸣

婚后的林觉民和陈意映住进了福州闹市区杨桥巷十七号。二人的居所是一座精致的二层小楼，因为二人感情融洽，十分恩爱，这座小楼也称双栖楼。后来林觉民去日本留学时，陈意映写给林觉民的信的落款常常是"双栖楼主"。这座小楼前种了数棵芭蕉和寒梅，每到春暖花开，便鸟声啁啾，平添几分雅趣。

闲暇时候，夫妻二人总是形影不离。有时林觉民挑灯夜读，陈意映便在一旁红袖添香；有时风和日丽，二人便在院中携手漫步；到初冬的时候，小楼外的疏梅月影依稀掩映，林觉民便和陈意映并肩伫立窗前，相拥着低声细语。

虽然身处温柔乡，但林觉民却并未忘记自己的志向。他在家中办起了一所"家庭妇女学校"，陈意映虽为旧式女子，但却与林觉民志趣相投，她不仅自己参加，而且还动员家中姑嫂参加。林觉民不仅教授她们国学，而且还向她们介绍西方进步思想，抨击封建礼教对女性的压迫。家中姑嫂受到他的影响，纷纷放开小脚，进入福州女子师范学堂学习。

一天晚上，林觉民和陈意映在双栖楼上闲谈。林觉民突然凝望意映的双眸说："如果可能，我希望你比我先死。"意映一听这话非常生气。林觉民轻抚着意映的面庞，声音格外温和："如果我先死去了，以你瘦弱的身体，肯定承受不了失去我的悲痛，我先死，把悲痛让你一人独自承担，我也舍不得，所以我希望你先死，把悲痛让我一个人来承担。"意映看着觉民俊朗的面孔，心中虽有千言，却再难出口一字。

谁都没有料到，觉民的话竟然在几年后一语成谶。

1907年，林觉民从全闽大学堂毕业之后，告别了依依不舍的陈意映，自费前往日本留学。

林觉民虽然身在日本，但是心中却时时牵挂着国内的意映，在一篇回忆两人缱绻感情生活的文章《原爱》里，林觉民曾动情地写道："吾妻性癖好尚，与君绝同，天真浪漫真女子也。"

虽然牵挂意映，但是林觉民却十分珍惜在日本学习的机会，常常手不释卷，废寝忘食，并且很快在同学之中崭露头角。当时在日本的同学都十分关心国内局势，谈到当时中国的颓势时，大家不免唉声叹气，甚至有人痛哭流涕。

林觉民愤然而起："中国已到危难关头，我们是堂堂大丈夫，怎能空谈和啼哭呢！我们既然都是革命志士，就应该仗义执剑，以死报国，争取从根本上解救祖国，改变濒临危亡的现状！每一个有血气的中国人，难道能够坐视和忍受第二次亡国的惨状吗？"大家听罢，觉得备受鼓舞。

不久，林觉民便通过其他朋友的介绍在日本加入了同盟会。加入同盟会之后的林觉民常常为革命之事奔走各地。

赴日留学之后，林觉民每年暑假都会回来探亲。并且借这个机会与福州以及其他地区的同盟会成员秘密联系。久而久之，意映自然知道了觉民成为"革命党人"的事，林觉民担心父亲年迈，接受不了这样的消息，便只对爱妻毫不隐瞒。

虽然知道自己丈夫干的是随时都有可能被杀头的事，虽然内心深爱着觉民，希望他能与自己携手白头，但意映终究不是平凡女子，她不仅没有阻止林觉民，反而主动帮助觉民投身革命事业。

林觉民当时常常和福州的同盟会成员在西禅寺秘密聚会，意映就帮着在一旁望风。经过几次活动之后，也许是体会到了革命这条路上的危险，更因为深爱觉民，她向他请求道："望今后有远行，必先告妾，妾愿随行前往。"

刹那即永恒

1910 年 10 月，同盟会领导决定在广州举行大规模起义。在这次起义之前，他们已经失败了数次，所以对这次起义格外重视。林觉民准备回福州响应，当黄兴看到他和另一位姓林的族人时高兴道："意洞来，天赞我也！运筹帷幄，何可一日无君。"后来决定集中力量在广州起义，于是便取消了福州的计划。

1911 年春天，一向都是暑假才回家的林觉民忽然回家了，他父亲感到非常诧异，林觉民告诉家人：学校放樱花假了，他是陪日本同学游览江浙风光顺便回家的。

对于觉民的突然归来，意映自然是惊喜的，但是这惊喜中伴随着的却是深深的忧虑。她虽然早已猜测觉民不久将要行动，但是却没有多问。因为她知道，此时的觉民，不仅是她一个人的觉民，更是背负着革命使命、百姓幸福的觉民。

在家中居住了十来天，林觉民便开始秘密联系同盟会成员，在福州西禅寺制造了大批的炸药。因为缺少人手，林觉民便想出了一个法子：将炸药装进棺材里，让一个女人装成寡妇，护送棺材去香港。意映虽然极想与觉民同行，但是此时她已有了八个月的身孕，行动不便。最终这个任务只得另选他人完成。

1911 年 4 月 9 日，觉民告别了意映，带着 20 余人从马尾登船驶往香港。意映站在和觉民留下了无数甜蜜回忆的老宅前，望着觉民渐行渐远的身影消失在自己的视线里，不由得心如刀绞，泣不成声。

4月19日，觉民到达香港，同盟会其他成员也陆续赶来。觉民在广州和香港之间来往，负责把人护送到广州。23日，因为出了内奸，黄兴潜入广州主持起义工作。与此同时，清政府也增兵广州，大肆搜捕革命党人。

觉民早已预料到此行的凶险，曾对同在香港滨江楼的同志说："此举若败，死者必多，定能感动同胞。"等同屋的其他人睡下之后，觉民思及往日和意映在一起的快乐时光，久不能寐，于是在两方手帕上写下了两封信。

一封是给父亲的《禀父书》，虽只有短短数十字，但是却情真意切，感人肺腑：

不孝儿觉民叩禀：父亲大人，儿死矣，惟累大人吃苦，弟妹缺衣食耳。然大有补于全国同胞也。大罪乞恕之。

写好两封书信的第二天，他嘱托朋友说："我死，幸为转达。"

在等到所有参加起义的革命党人到齐之后，26日清晨，觉民与其他同盟会成员一起潜入了广州。

4月27日下午5点半，起义开始。林觉民臂缠白布，脚着黑色胶鞋，手握长枪，与黄兴等百余人一起攻入了两广总督署。当他们冲进去时，却发现两广总督张鸣岐等人早已撤离，总督署中空无一人。

等他们迅速回撤时，却与赶来镇压起义的清军相遇，双方随即展开激战。觉民勇猛异常，所到之处，所向披靡。《民立报》后来曾载："巷战既久，飞矢洞腰，（觉民）翻身扑于地，纵声一呼，忍痛跃起，复杀多人，又被数创，鲜血暴注，遍体淋漓，力竭始见擒。"

硝烟散尽，这场起义最终还是失败了。而觉民不幸被捕。

不负天下，但负一人

觉民在水师提督衙门被提审，面对两广总督张鸣岐和水师提督李准，他面色不改，侃侃而谈，觉民不仅纵论天下大势，谈论世界各国的形势，更挑明共和与革命乃是必行之道，只要国富民强，自己死也瞑目。在场清廷官员无不动容。

李准被觉民的气概所折服，不仅让人解下了他的镣铐，而且让人为他送上了椅子让他坐下来说，觉民说得累了，李准便让人笔墨伺候，任他挥毫。

张鸣岐见此番情形，不禁感叹："惜哉！此人面貌如玉，肝肠如铁，心地如雪，真奇男子也。"

张鸣岐身边的幕僚在张鸣岐身边说："确是国家的精华。大帅是否要成全他？"

张鸣岐眼中闪过一丝厉色："这种人留给革命党，岂不是为虎添翼？杀！"

林觉民随后被关回狱中，从此滴水不进。数日之后觉民被押往刑场，从容就义。

过了不久，听到觉民被捕，匆匆搬到福州早题巷的意映收到了那封气贯长虹，让人读之不忍泣泪的《与妻书》：

意映卿卿如晤：吾今以此书与汝永别矣！吾作此书时，尚是世中一人；汝看此书时，吾已成为阴间一鬼。吾作此书，泪珠和笔墨齐下，不能竟书而欲搁笔，又恐汝不察吾衷，谓吾忍舍汝而死，谓吾不知汝之不欲吾死也，故遂忍悲为汝言之。

吾至爱汝，即此爱汝一念，使吾勇于就死也。吾自遇汝以来，常愿天下有情人都成眷属；然遍地腥云，满街狼犬，称心快意，几家能彀？司马春（青）衫，吾不能学太上之忘情也。语云：仁者"老吾老，以及人之老；幼吾幼，以及人之幼"。吾充吾爱汝之心，助天下人爱其所爱，所以敢先汝而死，不顾汝也。汝体吾此心，于啼泣之余，亦以天下人为念，当亦乐牺牲吾身与汝身之福利，为天下人谋永福也。汝其勿悲！

汝忆否？四五年前某夕，吾尝语曰："与使吾先死也，无宁汝先我而死。"汝初闻言而怒，后经吾婉解，虽不谓吾言为是，而亦无词相答。吾之意盖谓以汝之弱，必不能禁失吾之悲，吾先死留苦与汝，吾心不忍，故宁请汝先死，吾担悲也。嗟夫！谁知吾卒先汝而死乎？吾真真不能忘汝也！回忆后街之屋，入门穿廊，过前后厅，又三四折，有小厅，厅旁一室，为吾与汝双栖之所。初婚三四个月，适冬之望日前后，窗外疏梅筛月影，依稀掩映；吾与汝并肩携手，低低切切，何事不语？何情不诉？及今思之，空余泪痕。又回忆六七年前，吾之逃家复归也，汝泣告我："望今后有远行，必以告妾，妾愿随君行。"吾亦既许汝矣。前十余日回家，即欲乘便以此行之事语汝，及与汝相对，又不能启口，且以汝之有身也，更恐不胜悲，故惟日日呼酒买醉。嗟夫！当时余心之悲，盖不能以寸管形容之。

吾诚愿与汝相守以死，第以今日事势观之，天灾可以死，盗贼可以死，瓜分之日可以死，奸官污吏虐民可以死，吾辈处今日之中国，国中无地无时不可以死，到那时使吾眼睁睁看汝死，或使汝眼睁睁看吾死，吾能之乎？抑汝能之乎？即可不死，而离散不相见，徒使两地眼成穿而骨化石，试问古来几曾见破镜能重圆？则较死为苦也，将奈之何？今日吾与汝幸双健。天下人不当死而死与不愿离而离者，不可数计，钟情如我辈者，能忍之乎？此吾所以敢率性就死不顾汝也。吾今死无余憾，国事成不成自有同志者在。依新已五岁，转眼成人，汝其善抚之，使之肖我。汝腹中之物，吾疑其女也，女必像汝，吾心甚慰。或又是男，则亦教其以父志为志，则吾死后尚有二意洞在也。幸甚，幸甚！吾家后日当甚贫，贫无所苦，清静过日而已。

吾今与汝无言矣。吾居九泉之下遥闻汝哭声，当哭相和也。吾平日不信有鬼，今则又望其真有。今人又言心电感应有道，吾亦望其言是实，则吾之死，吾灵尚依依旁汝也，汝不必以无侣悲。

吾平生未尝以吾所志语汝，是吾不是处；然语之，又恐汝日日为吾担忧。吾牺牲百死而不辞，而使汝担忧，的的非吾所忍。吾爱汝至，所以为汝谋者惟恐未尽。汝幸而偶我，又何不幸而生今日中国！吾幸而得汝，又何不幸而生今日之中国！卒不忍独善其身。嗟夫！巾短情长，所未尽者，尚有万千，汝可以模拟得之。吾今不能见汝矣！汝不能舍吾，其时时于梦中得我乎！一恸！辛未三月廿六夜四鼓，意洞手书。

家中诸母皆通文，有不解处，望请其指教，当尽吾意为幸。

意映读完觉民的书信，几欲随他而去，但林觉民的父母双双跪倒在地，并劝她家中尚有觉民的幼子，她腹中也有觉民的骨肉，希望她能好好活下去。意映只得含泪答应。

但是意映却一直未走出失去觉民的悲伤，在觉民去世两年之后，意映也郁郁而终。

第三辑

天涯地角有穷时，只有相思无尽处

——沈从文致张兆和

我行过许多地方的桥，看过许多次数的云，喝过许多种类的酒，却只爱过一个正当最好年龄的人。

——沈从文

这两年，出自沈从文《湘行散记》中的这句话又在网上火了起来，不但微博上的转发量甚高，甚至还有不少年轻人直接把这句话当作自己的爱情宣言。

沈从文，这个惊才绝艳的才子，在时隔数年之后，再一次用深情的文字挑动了人们的心。

钟灵毓秀的湘西山水赋予了他写作的灵气，人情诚朴的凤凰小城给予了他柔顺的性格。临江边的吊脚楼和那些甜美如画的湘西少女，成为了他笔下最动人的文字。这一切，成就了沈从文。而更让人们津津乐道的，却是他和张兆和的爱情。

有人说，他们是执子之手，白头偕老的典例。

也有人说，沈从文和张兆和的爱情不过是委曲求全的迁就。

更有人说，沈从文和张兆和的爱情是一个彻头彻尾的悲剧。

然而，无论世人如何评价，沈从文和张兆和，依旧是那个纷繁如画、才子佳人辈出的年代里的一抹绚丽风景。

情窦初开，初恋夭折

1902 年，沈从文生于湖南凤凰。沈从文的祖上曾是大户人家，他的祖父和父亲均是行伍出身，而且职位不低。但是到了沈从文这一代，却家道中落，沦落为贫民。

小时候的沈从文十分顽劣。在学校读书时，他不仅逃学、打架、欺负别的小孩，而且常常与一些小混混厮混在一起，拉帮结派。他母亲管教了他几年，最后无奈之下便在他十五岁时送他参加了湘西靖国联军。

1920 年，沈从文所在部队被撤销，沈从文不得不回到了家乡。在家中待了半年之后，看到家中经济拮据，他便投奔了在芷江任职警察所长的舅舅，并且谋了一份收税员的职务。沈从文的母亲看见儿子在这里过得还算顺利，于是便变卖了凤凰的家产，带着他妹妹与他在这里同住。

也就是在这一时期，沈从文遇到了自己的初恋。

因为工作需要，沈从文常常和芷江的商人们来往。这些商人中有一个名叫马泽淮的，是当地一个大户人家的私生子。沈从文虽然只上过小学，但是十分好学，尤其喜爱书法。而马泽淮也十分喜欢读书，一来二去，两个人便成为了好朋友。

马泽淮有个妹妹名叫马泽蕙，不仅十分美貌，而且知书达礼，颇具才情，尤其擅书法。某天马泽淮将沈从文的手稿带回家中，马泽蕙见到之后，立即被纸上优美的书法所吸引，并且托哥哥带去了自己写下的一首诗，18岁的沈从文也随即附了一首诗寄回。

两个人，就这样因为一纸书法相识。

也许是想和马泽蕙交流一下书法，也许是想知道写诗的那个少女究竟是一个什么样的人，在马泽淮的怂恿下，沈从文终于见到了马泽蕙。初次见面，亭亭玉立、如出水清荷般的马泽蕙让情窦初开的沈从文怦然心动。

自相识之后，沈从文便常常去马家串门。时间一久，二人渐渐明白了彼此的心意，交往也愈加频繁了。

那时马泽淮常常向沈从文借钱，一开始马泽淮很守信用，常常借了没几天就立即归还，时间一长，沈从文便对他放下了戒心。甚至有时候借了，连借据也没有留下一张。那时候的沈从文正沉浸在初恋的甜蜜里，每日为马泽蕙神不守舍，对其他的事情，全然不在意。

年底时，沈母让沈从文结算一下变卖了在凤凰的家产后存在钱庄中的钱，沈从文清算之后不由吓了一大跳，因为钱庄中的钱少了不少。沈母眼见不对劲，询问沈从文，沈从文立即冲出屋子去找马泽淮。但此时马泽淮却早已消失。

他去问马泽蕙，马泽蕙却告诉他已经好久都没看到马泽淮了。沈从文说马泽淮骗走了自己的钱，马泽蕙不愿他说自己哥哥不好，两个人因此吵了起来。此时，沈从文眼中的马泽蕙，再也不是初见时那个美丽的少女。

这件事，不仅摧毁了沈从文18岁时的初恋，而且改变了沈从文的命运轨迹。

找不到马泽淮，也要不回被骗的钱，沈从文自觉无颜面对母亲。失魂落魄地走到枝江邮政代办所，在柜台上留下一封给母亲的信之后，沈从文回望了这座伤心小城最后一眼，终于离开了这个地方。

癞蛤蟆十三号和黑牡丹

离开芷江之后的沈从文随表哥再次踏上了军旅生活，但是在20岁时，沈从文终于厌倦了这一切，开始思考自己的未来。终于，他毅然脱下了军装，决心闯出一番事业来。

历史的车轮轧过1922年。年轻的沈从文背着一个装满书籍的沉包袱和一个大大的梦想来到了北平，在表弟的帮助下住进了银闸胡同某个公寓里。沈从文所住的那个房间由一间储煤室改造而成，十分狭小。沈从文就在这里勤奋写作，并将自己写好的稿件投到北平的各个报刊和杂志，开始了地毯式的轰炸。但是世事总是显得如此艰难，沈从文的稿件都石沉大海。

只上过小学的沈从文十分渴望获得学习的机会，他曾尝试过报考燕京大学的国文班，可是却未被录取，无奈之下，他只能到北京大学旁听。

1924 年冬天，北平显得格外寒冷。沈从文的日子也难以为继，走投无路的他只得给几位知名作家写了几封信，希望得到他们的帮助。没想到竟真的有人回复了，收到信件的郁达夫不仅亲自上门，而且给了他极大支持。

一年后，沈从文的生活终于有了改善。他写的文章开始频频见诸北平诸如《晨报副刊》《语丝》这样的大型刊物上，他的小说也带起了乡土小说热。与此同时，他还结识了许多知名人物，其中就包括《晨报副刊》的主编徐志摩。

徐志摩是胡适的好朋友，并且向胡适引荐他十分欣赏的沈从文。彼时，胡适正在上海中国公学任校长一职，在与沈从文交往了一段时间见识了沈从文的才学之后，他便向沈从文抛出了橄榄枝——请他到中国公学教授文学。

从湘西小城中走出来的沈从文，从湖南乡下走出来的沈从文，只读过小学的沈从文，怎么也不会想到，有一天自己竟然可以站在中国公学的讲台上。而让他更想不到的是，他还在这个讲台上收获了他一生的幸福。

初次登台授课的沈从文自然十分紧张，来的学生又非常多，望着台下黑压压的学生，沈从文竟然呆呆地站了足有 10 分钟。好不容易终于开口了，但是 10 多分钟便讲完了。他再次窘迫起来，于是转过身，在黑板上写起字来："我第一次上课，见你们人多，怕了。"学生们哄堂大笑。胡适听闻这件事后笑道："上课讲不出话来，学生不轰他，这就是成功。"

沈从文讲课的时候，一个皮肤有点黑，但是却十分清秀的女学生引起了他的注意，不知是因为紧张还是这位女生太过吸引人，沈从文的目光竟一直停留在她的脸上，整个教室顿时鸦雀无声，场面十分尴尬。终于，下课铃声响起，那个女生飞快地逃了，而沈从文却站在台上怅然若失。

这个女学生，就是张兆和。

张兆和生于苏州九如巷，比沈从文小八岁。张家是当地的豪门望族，张兆和的曾祖父是晚清名臣张树声，她祖父亦是朝廷大员，她父亲则是一位开明的教育家，与蔡元培交好。张兆和有兄妹十人，其中元和、允和、兆和、充和尤具才名，被人称为"张氏四姐妹"。

叶圣陶曾感慨地说过："九如巷张家的四个才女，谁娶了她们都会幸福一辈子。"

遇见沈从文之前，张兆和在校园里就已经小有名气了。她不仅获得过学校里的女子全能第一，而且生得清秀漂亮，又因皮肤略黑，故有"黑牡丹"的美称。学校里追求她的人很多，顽皮的她把这些人分别编为了"青蛙一号"、"青蛙二号"、"青蛙三号"……

沈从文究竟何时爱上张兆和已不得而知，不过他晚年有一次与家人闲谈时曾提到：有一天，他在操场上看见了一边吹口琴一边走的张兆和，张兆和走到操场尽头时潇洒利落地一甩头发，然后转过身继续边走边吹。那一瞬间，曾让他很心动。

不管沈从文是何时爱上张兆和的，他的确是爱上她了。第一次课不久后，张兆和忽然收到了一封信，信的落款是"S先生"，写信的人自然是沈从文，而且这封信只有短短一句话："不知道为什么，我忽然爱上了你。"

张兆和不由怔住了，虽未对沈从文做回复，但是却将这封信做了编号。张兆和的二姐张允和曾经笑着对张兆和说："如果给沈从文编号，那他估计只能编为癞蛤蟆十三号。"

四年追逐，眷属终成

第一封情书虽然泥牛入海，渺无音讯，但是沈从文不仅没有气馁，反而发起了更加凶猛的情书攻势。从 1929 年 12 月开始，不到半年时间，他就给张兆和写了几百封情书。

沈从文不仅发动了情书攻势，他还在张兆和的室友王华莲面前倾诉自己的一往情深，每每讲到情动之处，他都会像孩子一样痛哭。他甚至曾对王华莲说，自己只有两条路，要么刻苦向上，要么自杀。于是学校里流传出沈从文要为张兆和自杀的流言。

这样的流言终于让张兆和坐不住了，她直接带着这些信找到了胡适，说："沈从文老师给我写这些信不好。"

胡适回答："有什么不好？我和你爸爸都是安徽同乡，是不是让我跟你爸爸说说，做个媒？"

张兆和脸色绯红："不要讲！"

胡适正色说："我知道沈从文顽固地爱着你。"

张兆和立即反击："我顽固地不爱他。"

虽然张兆和这次已经明确地表明了自己的态度，但是沈从文显然没有主动放弃的自觉。

1930 年，胡适辞去了中国公学的校长职务，沈从文也因此不能再在这里教书，而是去了国立青岛大学执教。虽然沈从文离开了张兆和，可是他的情书却依旧没有断。不仅如此，这些情书比以前所写的似乎更加热烈。

三三，你是我的月亮。你能听一个并不十分聪明的人，用各样声音，各样言语，向你说出各样的感想，而这感想却因为你的存在，如一个光明，照耀到我的生活里而起的，你不觉得这也是生存里一件有趣味的事吗？

……一个白日带走了一点青春，日子虽不能毁坏我印象里你所给我的光明，却慢慢的使我不同了。"一个女子在诗人的诗中，永远不会老去，但诗人，他自己却老去了。"我想到这些，我十分忧郁了。生命都是太脆薄的一种东西，并不比一株花更经得住年月风雨，用对自然倾心的眼，反观人生，使我不能不觉得热情的可珍，而看重人与人凑巧的藤葛。在同一人事上，第二次的凑巧是不会有的……我也安慰自己过，我说："我行过许多地方的桥，看过许多次数的云，喝过许多种类的酒，却只爱过一个正当最好年龄的人。我应当为自己庆幸……"

……天下原有许多稀奇事情，都缺少能力解释到它，也不能用任何方法说明，譬如想到所爱的一个人的时候，血就流走得快了许多，全身就发热作寒，听到旁人提到这人的名字，就似乎又十分害怕，又十分快乐。究竟为什么原因，任何书上提到的都说不清楚，然而任何书上也总时常提到。"爱"解作一种病的名称，是一个法国心理学者的发明，那病的现象，大致就是上述所及的。

你是还没有害过这种病的人，所以你不知道它如何厉害。有些人永远不害这种病，正如有些人永远不患麻疹伤寒，所以还不大相信伤寒病使人发狂的事情。三三，你能不害这种病，同时不理解别人这种病，也真是一种幸福……

望到北平高空明蓝的天，使人只想下跪，你给我的影响恰如这天空，距离得那么远，我日里望着，晚上做梦，总梦到生着翅膀，向上飞举。向上飞去，便看到许多星子，都成为你的眼睛了。

三三，莫生我的气，许我在梦里，用嘴吻你的脚，我的自卑处，是觉得如一个奴隶蹲到地下用嘴接近你的脚，也近于十分亵渎了你的……

对于沈从文来说，此时的张兆和，不再是他的学生和追求的对象，而是他的三三，是他的月亮，是他的女神。她让他觉得自己像患病一样爱上了她，让他觉得自己如同奴隶一样去吻她的脚都是对她的一种亵渎。

沈从文爱得热烈，爱得真挚，爱得无可救药。在另一封情书里，沈从文甚至不加掩饰地说道："我不仅爱你的灵魂，而且要你的肉体。"

长久以来的坚持，终于让顽固不爱他的三三松懈了。一向拒沈从文于千里之外的张兆和，这回终于给沈从文回信，让他来她苏州的家。

盛夏，顶着炎炎烈日。身着长袍，儒雅如水的沈从文带着大礼物——巴金帮他挑选的书，叩开了张家的门。不过让他失望的是，他一心想要见到的三三却并不在家。接待他的是张兆和的二姐张允和。张允和告诉他，张兆和去图书馆了，让沈从文稍坐一会儿。但是心中自觉三三在躲避自己的沈从文却快快不乐，只待了没多久，就带着满心的失落离开了。

张兆和回到家中，张允和自然是将她臭骂了一顿，说她是在假用功，故意躲避沈从文，并且教她去找沈从文就说："我家兄弟姐妹多，很好玩，请你来玩玩。"张兆和到了沈从文落脚的旅馆，如同背书似的将二姐的话复述了一番。

沈从文得到这样的邀请，自然是欣喜非常。从此每天早早地到张家，晚上直到很晚才离开。就是在这样一段时间里，张兆和的心扉，终于被顽固爱着她的沈从文敲开。

沈从文回到青岛大学之后，立即写信托二姐询问张兆和的父亲对于婚事的看法。他在信里写道："如爸爸同意，就早点让我知道，让我这个乡下人喝杯甜酒吧。"开明的张父立即做了回复："儿女婚事，他们自理。"

得到父亲回复的姐妹二人立即到了邮局，给沈从文拍电报。张允和写的是：山东青岛大学沈从文允。张兆和写的则是：乡下人，喝杯甜酒吧。张兆和写下的也许是中国第一个白话文电报，但是邮局最终采用的是张允和的。

沈从文这个乡下人，终于喝上了自己酿造的梦寐以求的甜酒。

天涯地角，相思无尽

1933年9月，沈从文和他心爱的三三在北平中央公园举行了婚礼。沈从文拒绝了张父的馈赠，婚后与张兆和居住在北京西城的一个小院里，院中种着一棵枣树和一棵槐树，因此沈从文曾戏称自己的居所为"一枣一槐庐"。

新婚后不久，沈从文的母亲病危，沈从文回凤凰探望，在回乡探母的这一路上，他在船舱里给张兆和写了不少情书：

三三：

我离开北京时，还计划到，每天用半个日子写信，用半个日子写文章。谁知到了这小船上，却只想为你写信，别的事全不能做。从这里看来我就明白没有你，一切文章是不会产生的。先前不同你在一块儿时，因为想起你，文章也可以写得很缠绵，很动人。到了你过青岛后，却因为有了你，文章也更好了。但一离开你，可不成了。倘若要我一个人去生活，做什么皆无趣味，无意思。我简直已不像个能够独立生活下去的人。你已变成我的一部分，属于血肉、精神一部分。

二哥

横石和九溪十八日上午九时

从这封情书里不难看出，此时的张兆和已然让沈从文无时无刻不挂念着。一离开她，他竟已连文章都写不了了。沈从文在这一时期写给张兆和的情书，不仅深情眷恋，而且极为频繁，在这封情书之前，沈从文已经给张兆和写了数篇情书。

三三：

现在已八点半了，各处还可听到人说话，这河中好像热闹得很。我还听到远远的有鼓声，也许是人还愿。风很猛，船中也冰冷的。但一个人心中倘若有个爱人，心中暖得很，全身就冻得结冰也不碍事的！这风吹得厉害，明天恐要大雪。羊还在叫，我觉得希奇，好好的一听，原来对河也有一只羊叫着，它们是相互应和叫着的。我还听到唱曲子的声音，一个年纪极轻的女子喉咙，使我感动得很。我极力想去听明白那个曲子，却始终听不明白。我懂许多曲子。想起这些人的哀乐，我有点忧郁。因这曲子我还记起了我独自到锦州，住在一个旅馆中的情形，在那旅馆中我听到一个女人唱大鼓书，给赶骡车的客人过夜，唱了半夜。我一个人便躺在一个大炕上听窗外唱曲子的声音，同别人笑语声。这也是二哥！那时节你大概在暨南读书，每天早上还得起床来做晨操！命运真使人惘然。爱我，因为只有你使我能够快乐！

我想睡了。希望你也睡得好。

二哥

十六下午八点五十滩上

深情的沈从文在船舱中冻得瑟瑟发抖，但是却依旧坚持给他心爱的三三写情书。对于二哥的深情，远在北平的三三自然心领神会，也对他做了热烈的回复。

亲爱的二哥：

你走了两天，便像过了许多日子似的。天气不好。你走后，大风也刮起来了，像欺负人，发了狂似的到处粗暴地吼……长沙的风是不是也会这么不怜悯地吼，把我二哥的身子吹成一片冰？为这风，我很发愁，就因为我自己这时坐在温暖的屋子里，有了风，还把心吹得冰冷。我不知道二哥是怎么支持的……

三三

二哥冷，三三自然是心疼，而且疼得感同身受，就连距北平千里之遥的长沙的风，此时也被冠上了粗暴的帽子。

对于三三的回信，沈从文安慰说："三三，乖一点，放心，我一切好！我一个人在船上，看什么总想到你。"

有人说，爱情是文艺的女神。这句话在沈从文的身上得到了很好的体现，沈从文在这一时期给张兆和的情书最终辑录成册，命名《湘行书简》，并得以出版。不仅如此，也就是在这一时期，他写出了被人称为"千古不磨的珠玉"——《边城》。这本书的文字清冽如水，深情温暖，曾让无数人为之感叹唏嘘。

彩云易散，霁月难逢

王子娶了公主，并且幸福快乐地生活在了一起。可惜，生活并不是童话。原来衣食无忧如同女神般的三三，在嫁为人妻后，就必须每日为柴米油盐打起算盘。她曾写信给沈从文：

> 不许你逼我穿高跟鞋烫头发了，不许你因怕我把一双手弄粗糙为理由而不叫我洗东西做事了，吃的东西无所谓好坏，穿的用的无所谓讲究不讲究，能够活下去已是造化。

此时的三三，仿佛已跌下神坛，如世俗女子别无二致。女神跌下神坛，自然不复当年的美丽与光彩，而沈从文，在经历了三三的惊艳和美丽后，亦不复当年的狂热。

此时，另一位女子却闯入了沈从文的生活。

沈从文的七姨夫名叫熊捷三，是北洋政府总理熊希龄的弟弟。1935 年，沈从文前往西山别墅拜访熊希龄，但是熊希龄却恰巧不在家。开门的是一个女孩子，身材高挑，皮肤白皙。沈从文虽然为之眼前一亮，但是却也并未多做接触。

这个女孩子便是高青子，原名高韵秀，彼时的她正担任熊希龄的家庭教师。高青子十分喜好文学，而且颇具天赋，同时她亦是沈从文的书迷，不仅熟读沈从文的作品，而且对里面的人物更是了如指掌。

初次相见之后不久，沈从文与高青子得以再次相见。但是这次的相见却不由得让沈从文为之一怔。高青子的身上穿着一件"绿地小黄花绸子夹衫，衣角袖口缘了一点紫"，这样的装束，与自己的小说《第四》里的女主人公别无二致。

此时正处在婚姻平淡期的沈从文遇见了美丽聪颖的高青子，二人迅速热络了起来。在沈从文的帮助下，高青子在他主编的《国闻周报》上发表了不少文章。1937年，他帮助她出版了小说集《虹霓集》，署名"青子"。

女人的天性本就十分敏感，更何况是张兆和这样的女子，在发现了沈从文和高青子的不对劲之后，若是平常女子，必然要找高青子大闹一番，但是张兆和却没有，她直接向沈从文挑明了这件事，而沈从文亦毫无保留地将这件事情告诉了她。听完之后的三三气得发抖，一怒之下回到了苏州老家。

1937年，抗战爆发。沈从文南迁到西南联大任教，恰好高青子此时也在西南联大图书馆任职。再次相遇的二人自然免不了旧情复燃，时间一长，西南联大便流言四起。

沈从文终究是理性的，他最终还是选择了留在张兆和身边。晚年时他曾回忆："那失去十年的理性，才又回到我的身边。"而高青子，这个如霓虹一般的女人，在经历过最初的闪耀与惊艳之后，亦选择了退出沈从文的生活。

熬过了抗战，生活本该就此平静，但是抗战之后的那场浩劫并未放过沈从文。经过一次又一次的冲击之后，沈从文有些失常，他一直喊着："回湘西去，我回到湘西去……"

与他相伴一生的三三，看着他的样子，只得双眼婆娑，以泪洗面。不久，他被划定为反动文人下放到湖北五七干校，而三三也被下放到那里看厕所。

有一次，二姐张允和到那里去看他，要走时，他忽然从怀里拿出了一封皱巴巴的信，举着它对张允和说："莫走！二姐，你看，这是三姐（张兆和）给我的第一封信。"

他拿着那封信，就像一个攥着最心爱玩具的孩子，满脸的幸福。

"我能看看吗？"张允和满脸笑意地说。

他似要把那封信递给她，但却还是收了回来，只是痴痴地望着这封信，哭得像个孩子。

"三姐的第一封信——第一封。"

1988 年 5 月 10 日下午，一生坎坷的沈从文因心脏病复发，抢救无效去世。

那个行过许多地方的桥，看过许多次数的云，喝过许多种类酒的湘西情种，在爱过一个正当最好年龄的人之后，终于弃世而去。他回到了他的边城，回到了他的湘西，回到了他曾为三三写过的每一个字里。

第四辑
似此星辰非昨夜，为谁风露立中宵
——张爱玲致胡兰成

1944年春。

虽然风还略带了些寒意，但是上海却依旧繁华如昔。赫德路一九二号公寓，一个温雅的男人安静地站在这座公寓的门口。他看起来不是特别帅气，但是穿着却格外整洁。平整得如刚刚熨烫过的西装，一双虽已行了不少路程却依旧干净的皮鞋，以及鼻梁上那副黑色边框眼镜，让他显得格外儒雅。

他抬头望了望这座公寓的六楼，然后又将目光收了回来。随即他迈着银星碎步走进了这座公寓，撇开了身后的阳光，但从此以后，长达半个世纪的争议却一直尾随在了他和他所拜访的这个女子身后。

这个男人是胡兰成，而他拜访的这个女子，则是20世纪中国最具才情之一的女作家——张爱玲。

名门才女，黑暗童年

张爱玲原名张煐，1920 年 9 月，她出生在上海公共租界西区的一座府邸中。张爱玲身出名门，她的祖父张佩纶是晚清名臣，当时与张之洞齐名，张爱玲的祖母李菊藕则是晚清重臣李鸿章之女。

生活在这样一个名门世家，张爱玲本应该是幸福的，但是事实却恰好相反。

张爱玲的父亲是一个典型的纨绔子弟，不仅有吸食鸦片这样的恶习，而且还喜欢养姨太太。但张爱玲的母亲，却是一个才高性烈的新女性，她的父亲曾在曾国藩手下为官，而张母自己也曾受五四运动的影响，接受了不少新思想。对丈夫的种种恶习，她自是难以忍受。

1924 年，年仅 4 岁的张爱玲刚开始念私塾时，她母亲便离开了她的父亲，与她姑姑一起奔赴欧洲留学，而失去了母亲照料的张爱玲则由姨奶奶看管。

然而事情远不止张爱玲父母感情不和这么简单，对丈夫早就不堪忍受的张母在 1930 年选择了与张爱玲的父亲离婚。从此张爱玲的生活便被硬生生地劈成了两半，一半是父亲这边冷峻阴郁的生活，而另一半则是外边阳光快乐的时光。

父母离婚后一年，张爱玲以优异的成绩考上了上海圣玛利亚女校，并在此期间发表了不少作品。其中就包括处女作《不幸的她》和第一篇散文《迟暮》。虽然在学校的日子过得不错，但是张爱玲在家中的生活却并不快乐。张爱玲的父母离婚后没几年，她父亲便再娶了老婆。

白雪公主与魔镜皇后这样的故事也许并不代表所有女儿与后母的关系，不过谁都不能否认这样的事情存在。张爱玲和她的继母，恰好便是这种势同水火的关系。两人不仅常常冷眼相向，而且生活中也有不少摩擦。一次，张爱玲和后母因一点儿小事发生了口角，张爱玲却遭到了父亲的毒打，并且被拘禁了半年。

张爱玲虽然对父亲早已失望透顶，可这次毒打，无疑再次加深了她对父亲和这个家的厌恶。

这件事不久后，张爱玲从圣玛利亚女校毕业，并向父亲提出了想要去国外留学的想法，没想到父亲不仅没有同意她的要求，反而大怒。

在家中过得不快乐，想逃离这个宛若牢笼一般的家，但从父亲这里又拿不到出国留学的钱，这个家对张爱玲来说，似乎已经没有什么好留恋的了。

终于，在一个冷雨之夜，张爱玲找到了出逃的机会。

1938 年初的一个深夜，18 岁的张爱玲在暗处悄悄地窥视着外面漆黑的街景，趁花园洋房巡警换班的时候，她忽然向着洋房的铁栅栏跑了过去，然后乘机迅速溜了出去。她的脚步是那样匆忙，是那样坚决。从此，这世间少了一个世家大小姐，但是上海滩却多出了一名惊才绝艳的女作家。

逃离父亲后的张爱玲来到了母亲这儿，并且在这里定居了下来。在这件事情后，张爱玲的姑姑曾经带着张爱玲找过张爱玲的父亲谈出国留学的事情，但是张爱玲的父亲却大怒，不仅狠狠抽了张爱玲两巴掌，甚至将张爱玲姑姑的额角也打伤了。

这件事后张爱玲也许会庆幸逃离了父亲，认为母亲会成为自己遮风挡雨的一棵大树，但现实却让张爱玲再次失望了。那时，张爱玲母亲的存款亦不多了。她给了张爱玲两个选择："要么嫁人，用钱打扮自己；要么用钱来读书。"张爱玲毅然决然地选择了后者。

投奔母亲后的第二年，张爱玲参加了伦敦大学远东区入学考试，并且考了第一名。就在张爱玲准备出国留学的时候，恰逢第二次世界大战爆发，张爱玲只得拿着伦敦大学的成绩单入读香港大学文学院，并在此认识了自己一生中最好的朋友炎樱。

在香港大学的日子是张爱玲生活中最苦的一段日子，但却也是她最快乐的一段日子。张爱玲入学后没多久，张爱玲的母亲亦选择了到欧洲游学。读书和游学都需要大笔的钱，张爱玲的生活也因此拮据了起来。

港大三年，张爱玲异常努力，成绩也非常优秀。当时有个叫弗朗士的英国教授为此特地私人奖给了她800港币。但是不久后，她母亲来香港看她，却打麻将将这800港币输掉了。张爱玲对母亲，也终于绝望了。

1942年，香港沦陷，张爱玲不得不再次回到了那个曾让她无比绝望、想要逃离的上海。

与好友炎樱一起回到上海后，张爱玲与姑姑一起居住在爱丁顿公寓6楼65室。虽然住处已经安顿下来，但是张爱玲却陷入了生活的困顿，因此，她不得不走上了文学创作的道路。

那时，在日本人统治下的上海，迫切需要文化的繁荣来证明他们的统治并不是侵略。但当时很多著名作家都已离开，而那些有民族情结的作家，他们自是无法容忍。于是，才情不凡而又不涉及时局的张爱玲便成为了各个杂志报社最好的选择。

五月，张爱玲在上海著名刊物《紫罗兰》上发表小说《沉香屑·第一炉香》，这篇文章使张爱玲在上海文坛一鸣惊人，随后的《茉莉香片》、《倾城之恋》等系列文章、小说则进一步奠定了她在文坛的地位。

岁月静好，现世安稳

1944 年，正值"春水初生，春林初盛，春风十里"的时节。南京一座幽静的庭院里，明媚的阳光散落在庭院里青翠的草地上，一个男人安静地躺在一张藤椅上，入神地看着朋友苏青刚刚送来的杂志《天地》第十一期，当他读到杂志上一篇名为《封锁》的小说时，一直未变的表情忽然诧异、惊喜起来，当他看见这篇小说的作者时，已决定要前去探望她。

这个男人，就是胡兰成。而这篇小说的作者，则正是当时名噪上海滩的张爱玲。

胡兰成 1906 年生于浙江嵊县，小时候家境贫穷，吃过很多苦。他曾有个名为玉凤的发妻，因病而逝，胡兰成无钱葬妻，向别人借钱却又四处碰壁。对于一个男人来说，这样的经历已经在他的生命里打上了灰色的烙印。因此，当汪伪政府组建时，身为投机落魄文人的他被日本人招募时，立即同意了。

彼时的胡兰成尚在南京养病，其实在读到张爱玲的这篇小说之前，胡兰成早已听说过她的名字。当时身为汪伪政府要员的胡兰成曾因得罪汪精卫而入狱，他的朋友苏青带着张爱玲到周佛海那里求情，到年底时在日本的干预下，他这才被放了出来。而张爱玲，也已经从苏青那里对胡兰成有所了解。

不久之后，胡兰成来到了上海，并且找到苏青说要去拜访张爱玲，但是苏青却告诉他，张爱玲是不见生客的。但胡兰成似心意已决，苏青这才给了他一个地址：静安寺路赫德路口 192 号公寓 6 楼 65 室。得到张爱玲地址的胡兰成欣喜非常，第二天就兴冲冲地找到了张爱玲的居所。但事实正如苏青所说，张爱玲果真不见生客，但是胡兰成却还不死心，他随后在一张纸上写下了自己想拜访张爱玲的原因和自己的联系方式，并请张爱玲能答应他的请求。

没想到，第二天下午张爱玲便亲自打来了电话，说要前去拜访他。两个人就在这样的情况下见面了。有人说，世间的所有相遇都是久别重逢，张爱玲和胡兰成也许大抵就是这样吧，两个素未谋面的陌生人，在第一次相见的情况下竟如久未相逢的旧识般一聊便是 5 个小时。从当下的流行作品到张爱玲的生活，无话不谈。

时光渐晚，张爱玲起身告辞，胡兰成坚持送她回去。两个人走在上海的大西路上，二月的光景，路旁高大的法国梧桐正在抽着新芽。走在张爱玲身边的胡兰成看了看穿着旗袍的张爱玲，忽然说："你的身材这样高，这怎么可以？"

他一句话，便已将张爱玲当作了自己的另一半。他一句话，已经将她的心与他的心系在了一起。张爱玲对这样的话应该是反感的，可是，说这个话的是他，她又忽然觉得一切是那么好。

第二天，他一睁眼便忽然想看到她的身影。他起身打电话给张爱玲，却是仆人接的，仆人告诉他张爱玲昨夜工作到深夜，眼下正在休息。但他还是早早地去了，没有打扰她，只是拿了份报纸安静地坐在了她家的楼梯上。仆人早上出门买菜，看见胡兰成，请他进屋坐坐，但他却谢绝了，因为他怕扰了她休息。

直到她醒来，他这才见到她。她穿了件宝蓝绸裤袄，戴了嫩黄边框眼镜，见到胡兰成时，眼中竟是忍不住的欣喜。胡兰成进去，她的房里华贵得使他不安，让他感到像是刘备进了孙夫人的房间。张爱玲给他倒了一杯茶，他觉得眼前这个明晃如月的女子，原来竟似个小孩子。

胡兰成那时居住在大西路美丽园，与张爱玲的住处并不远。这次见面之后，胡兰成基本上每隔一天都要到张爱玲那里去，不久之后竟然是天天都去。张爱玲看见他，不仅没有心生厌烦，反而非常开心。有时两个人常常执手详谈一整夜，时间似乎也过得飞快。

有一天，胡兰成再次去拜访她时忽然提起了刊登在杂志《天地》上她的照片，张爱玲随即将那幅照片送给他，并在照片后面写了一句话："见了他，她变得很低很低，低到尘埃里。但她心里是欢喜的，从尘埃里开出花来。"

张爱玲，这个以冷静睿智著称的女作家，还是在胡兰成的爱情攻势下败下阵来，即便她已经知道，此时的胡兰成在南京已经有了一位妻子。

胡兰成与张爱玲的事情很快便被他在南京的妻子英娣知晓了，英娣果断向他提出了离婚，胡兰成在张爱玲面前泪流满面："爱玲，我是不是太坏了，连做一个丈夫都不配？连太太都离我而去……"

不久之后，胡兰成回到了南京，与英娣离了婚，然后给张爱玲写了一封求婚信。

爱玲：

自从一年前我在南京看到你登在《天地》上的两篇文章，我就有一种奇特的感觉：你就是我在茫茫人海中所要寻觅的人！及至见了第一面，我更感到我俩的缘分是前世定了的。爱玲，这世上懂得你的只有我，懂得我的也只有你。在我们相知相伴的日子里，我一直把这份对你的情义放在心底，不敢稍稍放纵感情的缰绳，生怕伤害了你。因为英娣还在呀！我是早就把你的家当成了自己的家的，英娣已经使我失去了一个家，你不会再使我失去最后一个家吧?! 你说见了我，你变得很低很低，其实我又何尝不是呢！我本自视聪明，恃才傲物惯了的，在你面前，我只是感到自己寒伦，像一头又大又笨的俗物，一堆贾宝玉所说的污泥。

在这世上，一般的女子我只会跟她们厮混，跟她们逢场作戏，而让我顶礼膜拜的却只有你。张爱玲，接纳我吧……

兰成

收到求婚信的张爱玲不动声色，只给胡兰成寄去了一张白纸。胡兰成顿时慌了，立即回到上海见到了张爱玲并询问这封信的意思。张爱玲微微一笑："我给你寄张白纸，好让你在上面写满你想写的字。"

1944 年 8 月，张爱玲与胡兰成结婚。二人没有举行任何仪式，亦未走任何程序，只有张爱玲的好朋友炎樱和一纸婚书为证。婚书上写着两句话：胡兰成张爱玲签订终身，结为夫妇；愿使岁月静好，现世安稳。

前半句是张爱玲所写的，而后半句则出自胡兰成之手。

婚后的二人自是无比甜蜜，两个人在一起似乎总有说不完的话。有时张爱玲伏案写作，胡兰成就坐在离她不远的沙发里看书。张爱玲在写作间隙偷偷地看他，嘴角浮起微笑，然后写道："他一人坐在沙发上，房间里有金沙金粉埋的宁静，外面风雨琳琅，漫山遍野都是今天。"

一个是名噪上海滩的才女，一个是汪伪政府的文人汉奸，这样的爱情，自然是难以长久的。胡兰成清楚，张爱玲更清楚。

一天傍晚，张爱玲和胡兰成望着屋外的夕阳。胡兰成突然对张爱玲说："时局可能要翻，来日大难，在劫难逃，汉乐府中有一首诗，'来日大难，口燥舌干，今日相乐，皆当欢喜。'想不到古人这几句平常又平常的诗句，竟是我们此时处境的真切写照了！爱玲，恐怕我们夫妻真的要'大难来时各自飞'了。"

张爱玲微微一叹，平静说道："能过一时是一时，不要想那么多吧，兰成。"

胡兰成将目光转向张爱玲："如果那一天来临，我必能逃得过，惟头两年里要改名换姓，将来与你虽隔了银河也必定找得见。"

张爱玲俏皮一笑："那时你变姓名，可叫张牵，又或叫张招，天涯海角有我在牵你招你。"

才子浪荡，肠断温州

1944 年 11 月，胡兰成接到上级命令到湖北接编《大楚报》，开始了与张爱玲的长期分离。

初到武汉的胡兰成借居在同事租住的汉阳医院，那时汉阳医院有一个护士名叫周训德，十七岁的年纪，不仅生得十分漂亮，而且青春有活力。

胡兰成仪表堂堂，又为人风趣，很快便吸引了这位年轻的少女，而年轻漂亮的周训德，则以她的清纯天真带给了胡兰成与张爱玲在一起时没有过的感觉。渐渐地，胡兰成与这个小护士便厮混到了一起。

胡兰成并未向她隐瞒爱玲的存在，但却同时也向这个小护士表明他要和她在一起。这样的话，便已直接表明胡兰成想让小周做妾，但小周的母亲本来就是个妾，或许是见惯了大家族中妾的劣势地位，小周自是不同意的。于是胡兰成便在武汉和小周举行了一次婚礼，而一片深情的爱玲，此时还常常给胡兰成写信聊关于她的日常琐事，倾诉她的思念。

1945 年 3 月，胡兰成回到了上海，在与爱玲相处了一个多月后，这才将小周的事情告诉了她。爱玲看着眼前这个既熟悉却又陌生的恋人，震惊和忧伤从心头交错而过。他曾许诺她"岁月静好，现世安稳"，但身处乱世，这个承诺他做不到，爱玲尚能理解，可让她始料未及的是，他竟连对她的忠贞都做不到。

虽然心疼，但爱玲却始终是爱着他的。对于小周这件事，她最终保持了沉默。"因为懂得，所以慈悲"，这是她和他第一次见面时对他说的话。

1945年8月15日，日本投降，站在街头的胡兰成只觉得自己的末日似乎已经到了，他自知难以逃过自己曾经作为汉奸文人的处罚，因此匆匆收拾了一番，便逃命去了。

胡兰成最终逃到了浙江诸暨，并在高中同学斯颂德家住了下来。斯家的男主人早逝，全由主母主持生计，斯家还有个庶母名叫范秀美，比胡兰成大三岁，颇具风采。当时胡兰成的处境已经越来越危险，斯家人便安排胡兰成到范秀美温州的娘家去避难，由范秀美相送。

1946年2月，爱玲经过打听得知了胡兰成藏匿的地址，冒着刺骨的春寒到了温州，但是当她到达温州时，眼前的景象却再一次让她心碎——生性风流的胡兰成竟勾搭上了范秀美，并且同居了起来。

千里寻夫，不仅没有让胡兰成感动，他反倒质问："你怎么来了？"

爱玲沉默无语，只觉得心似乎被扯得生疼，但是她没有多做反驳，只是在温州的一家旅馆中住了下来。胡兰成白天陪着她，晚上则陪着范秀美。有时三个人在旅馆见面，胡兰成与范秀美的亲昵，倒让爱玲觉得自己是第三者。

有一次，爱玲夸范秀美长得漂亮，要给她作画。范秀美在一旁端坐，爱玲画出脸庞，又勾勒出眉眼，忽然停下笔来。胡兰成好奇，明明这样工整的一幅画，为何突然搁笔了。等到范秀美离开，爱玲这才凄然道："觉得她的眉、神情，她的嘴，越来越像你，心里好不震动，一阵难受就再也画不下去了。"

因为爱他，这位上海滩睿智冷艳的女作家竟已变得这么低，低到正如她送他那张照片背面写的那句话"从尘埃里开出花来"。

三个人的感情纠葛早已剪不断理还乱，而在武汉的小周也因为胡兰成牵连导致被捕入狱。或许是出于心头的歉疚，胡兰成对张爱玲说想要去自首以此来解救小周。

面对胡兰成的两次出轨，爱玲已是无限委屈，此刻听到胡兰成的话，心中那份难过再也无法抑制，她终于提出，要他在小周和自己之间作出一个选择。而胡兰成，却还是没能给出她答案。

爱玲的心已然破碎，在一场春雨来临时，她终于作出了离开温州的选择。她站在船上，胡兰成站在码头。春雨迷濛，船只在水中荡起涟漪，渐行渐远，这段爱情，随着爱玲的离开，已然伴着船只驶向一望无际的苦海。

爱玲回到上海后不久，胡兰成也到过上海，他去看她时，爱玲已然将他当成一个陌生人，他去碰她的手臂，爱玲一声低吼，像只受伤的小兽，不愿让她曾最爱，却也伤她最深的人靠近她。那晚，胡兰成在沙发上度过了一夜，第二天早上去看她时，他轻轻吻她的额头，爱玲却忽然抱住了他，在他的肩头泪眼婆娑地轻轻唤了一声："兰成。"

那一个拥抱，见证了她曾对他的痴爱，那一声轻唤，亦难言心中深处的情深。这次见面之后，胡兰成再次回到了温州。爱玲怕他在流亡中受苦，还时常给他寄去一些钱。

但是此后的另一件事，再一次将爱玲那颗早已被胡兰成蹂躏得破碎不堪的心狠狠刺伤。胡兰成回到温州不久后，范秀美忽然怀孕，胡兰成让她找到爱玲，出钱给她打胎，而爱玲，竟然拿了一只金镯子给她当了做手术。她对他的爱，是那样卑微，此时竟已卑微到骨子里。

1947年6月，胡兰成处境安稳下来，爱玲终于给他寄去了最后的诀别信。

兰成：

　　我已经不喜欢你了，你是早已不喜欢我的了，这次的决心，我是经过一年半的长时间考虑的。你不要来寻我，即或写信，我亦是不看的了。

爱玲

与信附在一起的，还有爱玲《不了情》《太太万岁》的30万元稿费的支票一张作为分手费。那时爱玲因为受到胡兰成的牵连，已经不能再在杂志刊物上过多的冒头了，只能隐居幕后写一些剧本获取经济收入。

分手，对爱玲来说，是一种解脱，也是一种灵魂的挣扎，但是不论如何，她终究还是逃离了这片苦海。

1950年，胡兰成移居日本，几年后与上海大流氓吴四宝的遗孀佘爱珍同居。1952年张爱玲以求学的名义奔赴香港。三年后又告别了祖国，到美国定居。

此后，胡兰成曾托日本友人池田笃纪赴香港看望张爱玲，但没有见到，于是便留下了胡兰成在日本的地址。不久，胡兰成收到了一封信，没有台头和署名，只有曾经相熟无比的字迹："手边若有《战难，和亦不易》、《文明与传统》等书（《山河岁月》除外），能否暂借数月作参考？"信的后面，附上了爱玲在美国的地址。

胡兰成看到爱玲的信大喜过望，以为爱玲对他还心存念想，便立即做了回复。

等到1958年11月《今生今世》上卷出版，胡兰成把书寄过去的时候还附上以一封长信，希冀能够挽回张爱玲的心。

爱玲：

我坐在忘川里的湖边，看微风拂过，湖面浮着枯黄的柳叶，柳枝垂落水面，等待着风给予的飘落，那是种凋零的美。风的苍凉里，我听到了那款款袭来的秋的脚步正透过水面五彩的色调，荡漾而来。湖水的深色给人油画的厚重感，那天边的夕阳，是你爱看的。不知道你经常仰望天空的那个窗台，如今是何模样，如今是谁倚在窗边唱歌。

我常以为，天空是湖泊和大海的镜子，所以才会如此湛蓝。我坐在这儿，静静地等你，我的爱。而你，此刻在哪里呢，真的永不相见了么？记得那时，我们整日地厮守在你的住所——静安寺路赫德路口一九二号公寓六楼六五室。爱玲，你可还记得我们第一次见面时的情景，想想也是好笑的，到现在我还无法解释当时的鲁莽。在《天地》上读了你的文，就想我是一定要见你的。从苏青那里抄得了你的地址后就急奔而来，得来的却是老妈妈一句：张小姐不见人的。我是极不死心的人，想要做的事一刻也耽搁不下，想要见的人是一定要见的。那时只有一个念头，"世上但凡有一句话，一件事，是关于张爱玲的，便皆成为好"。当即就立于你家门口写下我的电话和地址，从门缝塞进。

你翌日下午就打电话过来，我正在吃午饭，听得电话铃声，青芸要去接，我那时仿佛已感应是你的，就自己起身接了。你说你一会儿来看我，我就饭也不吃了，坐也不是，立也不是，吩咐青芸泡茶，只等你来了。我那时住大西路美丽园，离你家不远，不一会儿你就来了。我们一谈就是五个小时，茶喝淡了一壶又一壶。爱玲，你起身告辞，我是要坚持送你归去。二月末的天气里，我们并肩走在大西路上，梧桐树儿正在鼓芽，一枝枝蠢蠢欲动的模样，而我们，好得已经宛若多年的朋友。

翌日一早，忍不住地一睁开眼就想要见到你，我打电话去，老妈妈接的，说张先生忙了一夜，在休息。但我还是很早就去了，从电梯管理员那里拿了报纸，坐于你家门口的楼梯上等你。老妈妈开门出去买菜，见到我，一定要我到屋里坐，我怕扰了你，还是坐在楼梯上安心，直到你醒。你从门洞里歪出半张脸，眼睛里看得到你是欣喜的，这是我希望得到的回应。换了鞋，跟在你身后进了房间，你房里竟是华贵到使我不安，那陈设与家具原简单，亦不见得很值钱，但竟是无价的，一种现代的新鲜明亮几乎是带刺激性……当时我就想："三国时东京最繁华，刘备到孙夫人房里竟然胆怯，爱玲你的房里亦像这样的有兵气。在爱玲面前，我想说什么都像生手抱胡琴，辛苦吃力，仍道不着正字眼，丝竹之音变为金石之声。"那天，你穿宝蓝绸裤袄，戴了嫩黄边框眼镜，越显得脸儿像月亮。你给我倒茶，放了糖的，才知道你原是跟孩子一般极喜欢甜食的。此后的数日，每隔一日，我是必去的，到后来竟是止不住地天天要去了，而你也是愿意见我的。我们整夜整夜地说话，才握着手，天就快亮了。

这样，有半年光景，我们就结婚了。可是世事布下的局，谁能破了？

之后，因为时局发展，我又辗转武汉，在那里认识小周，自此背信于你。可是生在那个动荡的年代，人人都要疯掉了。次年，日本无条件投降，我被划为文化汉奸被政府通缉，到温州老家避难，与秀美成婚。你来看我，要我于小周同你之间作出选择，我不愿舍去小周，更不愿失去你，我无法给出选择，你在大雨中离去。间隔没几日，我又回到上海，去你那里，我们再不像从前那般亲近，甚至我轻触你手臂时，你低吼一声，再不愿我碰你。我睡了沙发，早晨去看你，你一伏在我肩头哽咽一声"兰成"，没想到那竟是我们最后一面。我起身离去，回到温州。数月后收到你寄来的诀别信，随信附一张三十万的支票，是你的《太太万岁》和《不了情》的剧本费。

自你与我分手后，我依旧是每写一文都要寄予你，直至写成《吾妻张爱玲》后，你把我寄去的所有书信原址退回。想我是不自量力的，而你是说到做到的。"我已经不喜欢你了，你是早已经不喜欢我的了。这次的决心，是我经过一年半的长时间考虑的。你不要再来寻我，即或写信来，我亦是不看了。"爱玲是真的不喜欢我了，那个"见了他，她变得很低很低，低到尘埃里，但她心里是欢喜的，从尘埃里开出花来"的爱玲不见了。爱玲，记否我们初见时我写给你的"因为懂得，所以慈悲"？如今看来，我终究是不能明白你的。你原是极心高气傲的，宁可重新回到尘埃之中，也不甘让我时时仰望了。之前我竟一直愚笨到想你永远是我窗前的那轮明月，我只要抬头，是时时都能仰望见你的。

上次遇见炎樱，炎樱说我们："两个超自以为是的人，不在一起，未必是个悲剧。"我说："爱玲一直在我心上，是爱玲不要我了。"听了这话炎樱在笑，又说："两个人于千万人当中相遇并且性命相知的，什么大的仇恨要不爱了呢，必定是你伤她心太狠。有一次和张爱一起睡觉，张爱在梦中喊出'兰成'二字，可见张爱对你，是完全倾心，没有任何条件的，哪怕你偷偷与苏青密会，被她撞个正着。还有秀美为你堕胎，是张爱给青芸一只金手镯让她当了换钱用。这些，虽然她心头酸楚，但也罢了，因为你在婚约上写的要给她现世安稳的。"我无语，只能用李商隐的两句诗"星沉海底当窗见，雨过河源隔座看"来形容我的懊悔。当时炎樱是我们的证婚人，你在婚书上写道："胡兰成与张爱玲签订终身，结为夫妇。"我亲手在后面又加了一句"愿使岁月静好，现世安稳"的，可是没有做到的是我。

忽儿又想起那日你对我说："我自将萎谢了……"不，爱玲，我立时慌张起来，你要好好的。我去找你，熟悉的静安寺路，熟悉的一九二号公寓六楼六五室，矗立门前，门洞紧闭。我曾经无数次地在门洞打开后看到你可爱的脸，可是你毕竟是不在了。六三室的妇人粗声对我说六个月前你已经搬走。我想象不出那一屋的华贵随你到了哪里，那一层金黄的阳光如今移居到了哪儿，还有那随风翻飞的蓝色窗帘遗落在何处。离开的时候第一次没走楼梯，我在这昏黄的公寓楼梯间里隔着电梯的铁栅栏，一层层地降落，仿佛没有尽头，又恍惚如梦，我仿佛是横越三世来见你的，而你却不在。

想你与我之间的事，仿佛是做了一场梦，你是一直清醒着的，而我……

梦醒来，我身在忘川，立在属于我的那块三生石旁，三生石上只有爱玲的名字，可是我看不到爱玲你在哪儿，原是今生今世已惘然，山河岁月空惆怅，而我，终将是要等着你的。

兰成

胡兰成的这封信，虽然极力回忆二人之前的美好，彰显自己对爱玲的爱，但见惯了胡兰成滥情，早已被胡兰成伤透的爱玲早已死心，只给他做了简短回复，断了他的心思。

兰成：

你的信和书都收到了，非常感谢。我不想写信，请你原谅。我因为实在无法找到你的旧著作参考，所以冒失地向你借，如果使你误会，我是真的觉得抱歉。《今生今世》下卷出版的时候，你若是不感到不快，请寄一本给我。我在这里预先道谢，不另写信了。

爱玲

看到这封信的胡兰成自知再也不可能让爱玲的心波动了，于是就此断了心思，二人也没有再联系。

1995 年 9 月 8 日夜，正值中秋节，一代才女张爱玲在美国洛杉矶西木区公寓内去世，骨灰被友人撒入太平洋。

一个时代，就此逝去。

第五辑

此情可待成追忆，只是当时已惘然

——郁达夫与王映霞

　　1935 年，一对夫妇来到杭州玉皇山，在经过几天的勘察之后，圈地近三十亩，打算耗费巨资在这里建一座豪华的府邸。年底，这座府邸终于开始动工，在熬过了一个冰雕雪飘的冬季之后，第二年春天，这座府邸终于落成。这座府邸雕梁画栋，径道蜿蜒，显得格外精致，白墙青瓦，相得益彰，红花绿树互为映衬，更为这庭院平添了一抹亮色。

　　这座庭院的主人，还给这座府邸取了一个雅致而极富情调的名字：风雨茅庐。牌匾由著名学者马君武所题。

　　这座茅庐的主人是中国著名的作家郁达夫，而与他一起住进这座府邸的则是民国最为人称道的美女之一 ——王映霞。

　　风雨茅庐见证了这对夫妻让整个民国文人都为之侧目的爱情往事，也见证了这对夫妻从甜蜜到令人感叹唏嘘各奔天涯。

少年情怀尽是诗

1896 年 12 月 7 日，郁达夫出生于浙江省富阳市满州弄的一个知识分子家庭。郁达夫共有兄弟三人，郁达夫排行第三。在郁达夫三岁时，他父亲便亡故了，整个家庭全赖母亲一人撑了起来。

郁达夫幼年时便显露出很高的文学天赋，他七岁入私塾，九岁便能赋诗，在学校更是成绩优异。1910 年，郁达夫小学毕业之后考上了杭州府中学堂，与徐志摩同学。两年后又考入浙江大学预科，此时郁达夫年仅十六岁，中国大地上一片风雨飘摇，从小便见证列强铁骑在中国大地上践踏蹂躏的郁达夫满心壮志，决心把列强驱逐出去，在考上浙江大学后不久，他就频频参加学潮，因此不久他就被学校开除了。

刚考上不久就被开除，这对郁达夫来说是个不小的打击，他整天窝在自家狭长的阁楼里读书，以此度日。此时，郁达夫的大哥郁曼陀正在民国政府当值，从事司法工作，在郁达夫被学校开除后不久，他被国民政府派去日本考察，于是在家中闲来无事的郁达夫便与他一同前行。

1913 年郁达夫到达日本东京，次年七月考上了日本第一高等学校医科部，并开始尝试小说创作。

初到日本的郁达夫对这里的一切都很好奇，常常出去游玩。在旅途中，他邂逅了两个日本少女，以郁达夫的才情，一开始三人都相谈甚欢，可是当这两个少女得知郁达夫是中国人之后，就露出了鄙夷的目光。

一场美丽的邂逅也因此不欢而散。

郁达夫曾经在文章中写道："支那或支那人的这个名词，在东邻的日本民族尤其是妙龄少女口中，被说出的时候，听取者的脑子里，会是怎样的一种被侮辱、绝望、悲愤、隐怒的混合作用，是没有到过日本的中国同胞，绝对想象不出的。"

或许是被东京的冷漠无情所伤，郁达夫第二年便离开了东京，进入了名古屋第八高等学校求学。在这里他邂逅了一个让他心动的女子。

在离郁达夫住处不远的一家杂货铺有个女孩叫后藤隆子。后藤隆子长得十分漂亮，而且具有日本女子的顺从与温婉。郁达夫每次上学时都会从她家门前走过，久而久之，郁达夫竟爱上了这个女孩子，而且还亲切地称呼这个女孩为"隆儿"。

郁达夫虽然喜欢着她，但却并不敢直接告白，善于写古体诗的他只敢给她写些带有暗示性质的情诗：

几经沦落至西京，千古文章未得名。

人世萧条春梦后，梅花五月又逢卿。

我意怜君君不识，满襟红泪奈卿何。

烟花本是无情物，莫倚箜篌夜半歌。

犹有三分癖未忘，二分轻薄一分狂。

只愁难解名花怨，替写新诗到海棠。

可惜这段朦胧的恋情并没有走向成功。1917年，在日本留学了四年的郁达夫接到来自浙江富阳老家的电报，催促他回去成亲。

郁达夫在日本留学期间开始接触西方文学，并开始大量阅读英法著作。民主平等，民族独立，包括自由恋爱，两性解放，这些著作中所蕴含的新思想，给予了他巨大的冲击。

对于一个自己素未谋面的女子，对于被母亲包办的婚姻，郁达夫自是极不情愿的，他回国之后并没有回乡，而是躲到了大哥郁曼陀家里，在反抗了一个多月之后，郁达夫耐不住母亲的催促，最终还是回乡了。

母亲为他娶的这个女子名叫孙兰坡，乃是富阳当地一家富户人家的小姐。虽然容貌气质并不如隆子那般惊艳，但是却也读书识字，郁达夫与之尚亦能交谈得来。由于郁达夫的坚持，两个人结婚时不仅没有媒人、证人到场，甚至连结婚仪式都没有举办，只是在天黑的时候叫了一顶轿子将孙小姐接到了郁家。

洞房花烛夜，新婚妻子送了一枚戒指给郁达夫，算是作为定情信物，郁达夫虽然收下了，可是内心对这位妻子却终是有所不愿。婚后不久，郁达夫便以学业要紧为由，再次奔赴了日本。

也许是身在异国他乡，对千里之外的那位妻子有所眷恋。郁达夫曾经给这位妻子改了一个好听的名字"孙荃"，并且给她写诗："赠君名号报君知，两字兰荃出楚辞。别有伤心深意在，离人芳草最相思。"

虽有新婚妻子远在千里之外殷切等待，但是郁达夫却还是忘不了隆子。不久他再次来到了名古屋，可后藤家在一场大火中被烧毁，没有人知道隆子去了哪里。

没有找到隆子，郁达夫的精力逐渐转到了学习和小说创作上来。当时中国思想界大格局是"西学东渐"，可是欧美等国路途遥远，于是学习西方最彻底的、又距离中国较近的日本就成了留学生们的首选之地。

1921 年，郁达夫与同为留日学生的郭沫若、成仿吾、张资平、郑伯奇组创文学团体"创造社"；同年 10 月 15 日，郁达夫出版中国现代文学史第一部白话短篇小说集《沉沦》。书中同名短篇小说《沉沦》讲述了一个日本留学生的性苦闷以及对国家懦弱的悲哀。这本书一经出版便轰动国内文坛，而郁达夫这个名字也逐渐为人所熟知。

眼眸如水，一泓秋波

1922 年，阔别祖国数年之久的郁达夫回到了祖国，并在安庆法政专校执教英语。后来又曾在北京大学、国立武昌师范大学等学校任教。1927 年 1 月 14 日，郁达夫在上海遇见了让他一见钟情的王映霞。

时虽深冬，但是上海的天气却格外晴朗，暖洋洋的日光照在身上让人觉得温暖。郁达夫穿着妻子刚从北京寄过来的皮袍，前去探望自己在日本留学时的好友孙百刚。一进门，他便看到了一个"明眸如水，一泓秋波"的姑娘。

这个人，便是王映霞。

王映霞 1908 年生于杭州，她本姓金，名唤金锁。由于十分聪颖，王映霞颇受外祖父王二南喜欢，于是便被过继给他做孙女。王二南乃杭州名士，不仅熟读经史，而且琴棋书画俱精。年幼的王映霞在他的熏陶下也别具气质，再加上皮肤白皙，很快便获得了"杭州第一美人"的称号。

年轻漂亮而又极富气质的王映霞自然吸引了郁达夫，郁达夫只感觉自己的心被她搅乱了。而王映霞也并不是没有听过郁达夫的名字，当年在浙江女子师范学校读书时，她便拜读过郁达夫的成名作《沉沦》，并对郁达夫十分崇拜。

郁达夫本来是拜访朋友的，可是看到王映霞之后他竟情不自禁地将朋友孙百刚夫妇搁在了一边，反而频频和王映霞交谈。

临近中午的时候，郁达夫提议中午由他请客，大家一起去吃饭。不仅如此，一向节俭到坐黄包车都要和车夫讨价还价的他竟然直接叫了一辆汽车送几人去饭店。

饭局上，觥筹交错，几人相谈甚欢，郁达夫更是频频对王映霞致意。饭局完毕，几人又坐了黄包车前去"卡尔登"看电影。接着几个人又去南京路闲逛，晚上的时候又去"淘乐村"吃晚餐。

从淘乐村出来的时候，已经略有几分醉意的郁达夫忽然用日语对孙百刚说："老孙，近来我寂寞得和一个人在沙漠中行路一样，满目黄沙，风尘蔽日，前无去路，后无归程，只希望有一个奇迹来临，有一片绿洲出现。老孙，你看这奇迹会来临吗？绿洲会出现吗？请你告诉我！"

孙百刚听见郁达夫这句话，心中不由咯噔一下，他意识到郁达夫可能已经爱上了王映霞。孙百刚是王映霞的世伯，更清楚郁达夫早已有了妻室，他反问郁达夫道："你这是在做小说吗？"

郁达夫并未回答孙百刚的问题，只是眉眼缥缈，喟然一叹："人生不就是一篇小说吗？"

自那天之后，郁达夫几乎天天前往拜访孙百刚。孙百刚觉得有必要将这件事遏制住，直接对侄女王映霞道明了郁达夫已有妻儿的事实。王映霞沉默半晌，然后才低声说道："我看他可怜。"

孙百刚听了王映霞的回答，直接找到了郁达夫，劝他远离王映霞，为自己的生活和王映霞的未来着想，但执拗的郁达夫已经深深爱上了王映霞，又怎会听得进孙百刚的话，最后两人不欢而散。

孙百刚只得再次找王映霞谈话，王映霞回答："我怎么会愿意答应他呢，不过倘若我断然拒绝，只怕非但不能解除他的烦恼，也许会发生什么意外。"

万般无奈的孙百刚最终只得劝王映霞回杭州，王映霞也如言而行。听到消息的郁达夫当天一大早就赶到了上海北火车站，但是却扑了个空。之后郁达夫又做了一件疯狂的事，他竟直接追到了杭州，但是他却依然没有寻到王映霞。看着一列列停下又离开的列车，看着眼前的滚滚人流，站在杭州火车站里痴痴寻找王映霞的郁达夫忽然格外难过。等了一天，郁达夫终于还是踏上了回上海的列车，想起近来与王映霞相处的一幕幕，郁达夫不由泪流满面。

郁达夫心中郁闷，回到上海后日日借酒浇愁，醉生梦死。不久后，他忽然收到了王映霞的来信。王映霞在信中委婉地告诉郁达夫不该到杭州去找她。郁达夫阅毕立即提笔回信。

映霞君：

　　十日早晨发了一封信，你在十日晚上就来了回信。但我在十日午后，又发一封信，不晓得你也接到了没有？我只希望你于接到十日午后的那封信后，能够不要那么的狠心拒绝我。我现在正在计划去欧洲，这是的确的。但我的计划之中，本有你在内，想和你两人同去欧洲留学的。现在事情已经弄得这样，我真不知道如何是好。我接到了你的回信之后，真不明了你的真意。我从没有过现在这样的经验，这一次我对于你的心情，只有上天知道，并没有半点不纯的意思存在中间。人家虽则在你面前说我的坏话，但我个人，至少是很 sincere 的，我简直可以为你而死。

　　……

达夫

二月十日午后

　　此时，郁达夫对王映霞的爱已经深入骨髓，甚至在信中直言自己可以为她而死！不仅如此，他甚至还因为王映霞而不惜和许多朋友闹翻。

富春江上，神仙眷侣

在写了那封情书之后，郁达夫又给王映霞写了数封情书，一开始王映霞不同意，不过或是被郁达夫的痴情所感动，半个月之后，王映霞终于约他在尚贤坊相见。

也许是近爱情更怯，郁达夫见到王映霞之后竟然一句话也说不出，只是那样痴痴地望着眼前的这个人，他便已经满足了。两个人从见面一直坐到傍晚。夕阳西下的时候，王映霞约他下星期一再见，并且给了郁达夫一个地址，叫他与她通信。

在经过他的痴缠后，她的心门，终于被这个男人一丝丝敲开。

王映霞与郁达夫的关系渐渐升温，可是王映霞却并未被郁达夫的热情冲昏头脑，每每想到郁达夫家中还有妻儿，王映霞就不由自主地保持着与郁达夫的距离。郁达夫心中亦清楚，想要和王映霞在一起，就必须将自己从原来的婚姻中解脱出来。可每每想到远在北京的妻儿，郁达夫却不由得纠结忏悔起来，他甚至写信想要和王映霞撇清关系，来结束自己的痛苦。

……

映霞，这一回我真觉得对你不起，我真累及了你了。映霞，你这一回也算是受了一回骗，把我之致累于你的事情，想得轻一点，想得开一点吧！

　　我还希望你不要因此而断绝了我们的友谊，不要因此而咒骂一班具有爱人的资格的男人。

　　这一回的事情，完全是我不好，完全是我一个人自不量力的瞎闯的结果。我这一封信，可以证明你的洁白，证明你的高尚，你不过是一个被难者，一个被疯犬咬了的人，你对我本来并没有什么好恶之感，并没有什么男女的私情的。万一你要证明你的洁白，证明你的高尚，你将这一封信发表的必要时候，我也没有什么反对的抗议。不过若没有这一种必要的事情发生的时候，我还是希望你保存着，保存到我死后再发表。

　　最后我还要重说一句，你所希望我的，规劝我的话，我以后一定牢牢的记着。假使我将来若有一点成就的时候，那么我的这一点成就的荣耀，愿意全部归赠给你。

　　映霞，映霞，我写完了这一封信，眼泪就忍不住的往下掉了……

达夫

1927 年 3 月 4 日

　　一个是相伴数载，已经为自己生儿育女的贤淑妻子，另一个则是自己一见钟情，真心相爱并想与之共度一生的女人，此时的郁达夫，如同在冰火之中煎熬的受难者，难以自拔。

　　收到这封信的第二天，王映霞忽然出现在了郁达夫的面前。看见眼前这个俏生生的丽人，昨日信中的那些杂思此时却仿佛消失不见，此刻心中有的，只是欢喜。

两个人从早上九点开始交谈，到晚上的时候又执手走上楼顶，看着夜色下上海的繁华与美丽。郁达夫轻轻搂着王映霞，王映霞在郁达夫的耳畔轻轻诉说着她对他的爱，而郁达夫亦将自己的所有爱意全都诉与她听。

　　这一夜，两个人便已明白彼此的心。

　　不久后，王映霞回到了杭州说服自己的父母，郁达夫又频频给她写信：

　　映霞，你叮嘱我的话，我句句都遵守着，我以后要节戒烟酒，要发奋做我的事业了，这一层请你放心。

　　今天天气实在好得很，但稍觉凉了一点，所以我在流清水鼻涕，人家都以为我在暗泣。映霞，我若果真在这里暗泣，那么你总也该知道，这眼泪是为谁流的。

　　映霞，我相信你，我敬服你，我更感激你到了万分，以后只教你能够时时写信给我，那我在寂寞之中，还可以自慰。我只盼望我们的自由的日子到来，到那时候，我们俩可以永远地不至于离开。映霞，这一回的小别，你大约总猜不出要使我感到多苦楚。但你的这一次的返里，却是不得已的，并且我们的来日，亦正长得很。

　　你的信里说，今年年内我们总可以达到目的，但以我现在对你的心境讲来，怕就是三四个月也等不得。

　　总之，映霞，我以后要努力了，要好好儿的做人了，我想把我的事业，重新再来过一番，庶几可以不使你失望，不使人家会笑你爱错了人。

　　我以后不跑出去了，绝对不跑出去了，就想拼命的著书，拼命的珍摄身体，非但为了我自己，并且是为了你。

1927 年 4 月 3 日晚上写

达夫寄自上海创造社

闸北虽则交通不便，但信是仍旧可通的，不过迟一点就是。

4 月 4 日早付邮

　　在最爱的人面前，最坚强的人都会软化，最成熟的人都会变得像个小孩子，最颓废的人都会变得奋起。一度颓废的郁达夫，在王映霞的影响下，终于再次树立了自己的目标。

　　回到家中的王映霞说服了自己的父母，郁达夫和王映霞不久后在杭州聚丰园菜馆举行了订婚仪式。两人本来计划次年三月份在东京上野精养轩举行婚礼的，可是后来这一计划却没能实现。1928 年 2 月，郁达夫和王映霞在杭州西子湖畔大旅社举行婚礼，一时间轰动全城。那一年，郁达夫 32 岁，王映霞 20 岁。当时柳亚子赠诗给郁达夫，其中"富春江上神仙侣"一句传诵一时。

　　上海的郁达夫此时沉浸在幸福的海洋里，但是远在北京的孙荃听到这个消息之后却仿佛刹那间踏进了苦海，从此，她断了荤腥，回到了富阳老家，终日潜心礼佛。

痛苦的毁家

婚后，郁达夫与王映霞居住在上海赫德路嘉禾里 1442 号。此时的二人尚没有太强的经济能力，他们所用的家具都是租来的，而且住处也没有装上电灯，甚至连三餐都要去距离他们不远的岳母家中凑合。但是这种情况很快就得到了改变，不久郁达夫将他和王映霞恋爱的日记取名《日记九种》整理出版，这本书取得了极大的成功，销量甚至超过了郁达夫成名作《沉沦》。

因为书籍的热销，郁达夫和王映霞的生活也得到了极大改善。曾经名动杭州的"第一美人"在嫁给了郁达夫之后，不仅努力学习烹调技术，而且还常常帮郁达夫整理出版他的书稿。当时他们常常携手并肩去散步，有时会回忆过去，有时会谈及当下，偶尔也会谈及一下未来和王映霞肚子里两人那还未出生的小生命，走得有些疲倦了，两个人就一起回到小楼上小憩。几年来，王映霞为郁达夫生下了四名子女。

恋爱如火一样热烈，婚姻似水一般平静。恋爱中的分歧像开叉的枯木，枯木遇火，燃烧殆尽；而婚姻里的分歧则像沉沉的石子，即便小小的一颗，也能让平静的水波掀起久久回荡的涟漪。对于郁达夫和王映霞这对从一开始就在婚姻里埋下隐患的夫妻尤其如此。在经过婚后几年蜜月时光之后，因为两人年龄、性格和思想上的差距，矛盾很快凸显了出来，争吵也时有发生。

有一次，因为王映霞不让郁达夫喝酒，两人便大吵了一架。事后郁达夫不仅拿走了一张 500 元的定期存单，而且还回到了家乡与孙荃同居了一段时间。这样的事情自然不被王映霞所容，两人差点闹得分裂，事后郁达夫将包括《日记九种》在内的数十部文集赠予了王映霞，这件事才平息下来。

1932 年初，日本在上海不宣而战，而郁达夫又常常发表一些爱国言论，或是鉴于局势的复杂，翌年 4 月，郁达夫举家迁往杭州。不久，郁达夫在玉皇山建起了"风雨茅庐"，一时间，这地方成了杭州著名的交际场。

1936 年，郁达夫在福建省政府主席陈仪的邀请下南下福州任职，从此与王映霞开始了分局生活。一年后，日军在杭州湾登陆，王映霞为躲避战乱，携母亲和几个孩子躲到了富阳，不久又搬到了丽水。

当时在丽水与王映霞比邻而居的是浙江省教育厅厅长许绍棣，许绍棣的妻子刚刚病逝不久，独自带着三个女儿生活，而王映霞早已名声在外，许绍棣对她更是十分仰慕。又因为两家的小孩子经常在一起玩，所以一来而去，二人也就熟识了。

一个是丈夫在外的"杭州第一美女"，一个是刚刚丧妻不久的教育厅长，再加上许绍棣平时对王映霞照顾有加，两人走得很近，风言风语自然也就乘势而生。

远在福州的郁达夫听闻王映霞和许绍棣有染，非常愤怒。不久郁达夫应郭沫若的邀请到武汉工作，王映霞也随之到了武汉。

有一天，郁达夫回到家中，发现妻子王映霞不见了，反而在家中找到了许绍棣写给王映霞的几封情书，郁达夫以为王映霞像卓文君一般与司马相如私奔，性格冲动的他当即在《大公报》上刊登了寻人启事："王映霞女士：鉴乱世男女离合本属寻常，汝与某君之关系及携去之细软衣饰金银款项契据等都不成问题，唯汝母及小孩想念甚殷，乞告以地址。郁达夫谨。"

而事实上，王映霞不过是拜访朋友曹秉哲去了。对于一个女人来说，清白自然比什么都重要，尤其是"杭州第一美女"王映霞。果不其然，第二天王映霞看到《大公报》，不由大怒。

与此同时，郁达夫也得到了曹秉哲的通知，郁达夫见到王映霞时，她要求郁达夫在报纸上登道歉启事。在朋友们的调解下，两人和好。郁达夫也在报纸上登了道歉启事："达夫前以神经失常，语言不合，致逼走妻王映霞女士，并在登报寻找启事中，诬指与某君关系及携去细软等事。事后寻思，复经朋友解说，始知全出于误会。兹特登报声明，并深致歉意。"

感情就像是易碎的玻璃瓶，一旦被打碎，即便是拿再多的胶水粘上，那条裂缝也还是会存在。

1938 年，郁达夫带着王映霞和儿子郁飞到新加坡参加抗日宣传工作，虽已远离许绍棣，但是夫妻二人的关系却并没有得到改善，感情的裂痕反而越来越大，争吵也时有发生。此时，激进的郁达夫做了一件事，也是这件事导致了二人婚姻的最终破裂。

1939 年，郁达夫开始在香港旬刊《大风》上发表《毁家诗纪》，详细叙述许绍棣与王映霞的情事。而王映霞也发表《一封长信的开始》和《请看事实》对郁达夫进行反驳。

1940 年 3 月，郁达夫和王映霞在新加坡离婚。曾经轰动民国文坛的爱情，曾经令人艳羡的"富春江上神仙侣"，曾经传诵一时的才子佳人，终于在这一刻，踏上了各自的道路。

许多年后，王映霞曾忆起当年的情形："我离开郁达夫，拎了一只小箱子走出了那幢房子。郁达夫也不送我出来，我知道他面子上还是放不下来。我真是一步三回头，当时我虽然怨他和恨他，但对他的感情仍割不断；我多么想出现奇迹：他突然从屋子里奔出来，夺下我的箱子，劝我回去，那就一切都改变了……"

我们曾相互依赖，最终却彼此伤害。

我们曾那么相爱，最终却还是分开。

第六辑

人如风后入江云，情似雨余黏地絮

——钱钟书致杨绛

2007 年 12 月，一代名家钱钟书致当代著名学者吴祖光的信件在上海被拍卖，整封信不到十行字，却最终拍出 1.1 万元高价，翌年 5 月，这封信在北京再次被拍卖卖，价格整整翻了一倍有余。

2013 年 5 月，北京某拍卖公司接到委托人的委托，打算拍卖钱钟书一家的书信共计百余封，引起社会强烈反响，随后百岁高龄的杨绛先生发表声明，表示反对拍卖做法，并将拍卖公司告上法庭，最终法院判处该拍卖公司赔付杨绛先生 20 万元。在该案引发媒体强烈关注的同时，钱钟书和杨绛先生的那段琴瑟和鸣的爱情，也再度引起了大家的兴趣和讨论。

当时少年青衫薄

1910 年 10 月 20 日，钱钟书出生在江苏无锡的一个颇具名望的教育世家。科学家钱学森、学者钱穆都出自这一家族。钱钟书的父亲钱基博更是中国近代著名国学大师、教育家。钱钟书的伯父名叫钱基成，钱基成没有后代，按照惯例，钱钟书一出生就被过继给了伯父。

钱家属于旧式大家庭，钟书居长。周岁时，钱家为家中长子举办了抓周，因为他一下抓中了一本书，于是家里人便给他取名钟书。

六岁时钟书便被送进了秦氏小学，但是后来因为一场大病，便由叔父亲自教他学习。伯父上茶馆听说书，钟书也常常跟去。伯母娘家是江阴富户，有抽大烟的恶习，后来伯父也因此染上了大烟瘾，钟书的父亲眼见这种情况，怕钟书受到影响，在伯父面前又不好说他，但是一抓住机会就对钟书狠狠鞭策。

钟书十一岁时考取了东林小学，这年伯父也去世了。几年后他又考入苏州桃坞中学，十五岁时他第一次得知《古文辞类纂》《骈体文钞》这类古文选本，并且开始了渐进式的学习。

1929 年，钱钟书参加清华大学考试，旋即名震校园。原因是在发榜的时候，钱钟书的数学成绩竟然只有十五分，而按照清华大学当时的招生规定，只要有一门考试成绩不及格就不予录取。可是与数学成绩形成鲜明对比的是钱钟书的国文和英语成绩都是满分。当时的清华校长罗家伦，在经过一番考虑之后，最终还是将这位极度偏科的学生录取了。值得一提的是，当年罗家伦考入北大时数学只考了零分，胡适也将他录取了。

进入清华的钱钟书并没有让破格录取他的罗家伦失望，不仅国学和英语水平让同学敬佩不已，而且常常在考试中夺得第一。与此同时，更让人称奇的是钱钟书上课从来不带笔记，只带一本与课堂无关的书一边听讲一边看。钱钟书一进校就立下了"横扫清华图书馆"的志愿，现在清华大学图书馆藏书上的笔记也大多是钱钟书所做。

钱钟书学识之广博，使得老师在教授他的时候都要谨慎不已，不然说不定钱钟书就会指出他们的错误。当时清华有个老师叫赵万里，一次在上课谈到一本著作时曾自傲地说："不是吹牛，这个版本只有我看过。"话音刚落，两个人就立即表示他们也曾经看过。这两个人，一个是著名历史学家吴晗，而另一个，就是钱钟书。钱钟书不仅表明这个版本他不止看过一次，而且还指出了赵万里的一些错误，弄得赵万里尴尬不已。

钱钟书的老师吴宓曾多次在师生面前夸赞："自古人才难得，出类拔萃、卓尔不群的人才尤其不易得。当今文史方面的杰出人才，在老一辈中要推陈寅恪，在年轻一辈中要推钱钟书。他们是人中之龙，其余如你我，不过尔尔。"

因此，当时钱钟书在清华有个"清华之龙"的外号，并且与"清华之虎"曹禺、"清华之狗"颜敏蘅并称"清华三杰"。许多年后颜敏蘅担任南开大学外文系教授时已才华卓著，当时有人曾感叹称："狗尚如此，何况龙虎！"

惊鸿一瞥，一见钟情

1932 年，清华才子钱钟书在古月堂前结识了与他同乡的才女杨绛，并收获了令其他人称羡不已的爱情。

杨绛的父亲杨荫杭早年曾留学日本，后来成为了江浙一带著名的律师。1911 执教于北京某政法类学院，杨绛也在这一年出生。杨绛本名杨季康，后来写作戏剧《称心如意》时便取了杨绛的笔名。杨家世居无锡，乃当地名门望族，民国著名的女校长杨荫榆便是杨绛的三姑母。

杨绛 1928 年考入苏州东吴大学，四年之后又准备在燕京大学借读。在考完燕京大学的注册入学考试之后，杨绛急急忙忙到清华去看望自己的好朋友蒋恩钿，此时恰逢学友孙令衔也到清华去看望自己的表兄。这个表兄不是别人，正是名冠清华的钱钟书。

也就是在古月堂前，钱钟书和杨绛第一次相见。

时值初春，微风和煦，古月堂前苍松翠绿，不知名的鸟儿在树上清鸣，使得这庭院越发清幽。

钱钟书穿着青布大褂，脚着毛底布鞋，戴着一副老式眼镜，双目炯炯有神。杨绛初见他，便觉得他眉宇间"蔚然而深秀"。而钱钟书亦觉得眼前这个面容姣好的女孩子身上似乎有着一种别样的气质在吸引着他。

孙令衔向钱钟书介绍杨绛："这是杨季康。"钱钟书对杨绛微微一笑，旋即孙令衔又对杨绛道："这是我表兄钱钟书。"

杨绛微笑着和钱钟书打过了招呼，便和孙令衔一起回到燕京大学去了。

匆匆一瞥，并未让钱钟书忘记古月堂前的杨绛，而杨绛，也没有忘记古月堂前风度儒雅的钱钟书。

不久，他便写信给杨绛，约她在清华工字厅相见。见面之后，钱钟书便直接说道："我没有订婚。"或许是第一次与男生约会，杨绛显得格外紧张，听到钱钟书的话，她不由自主地回答："我也没有男朋友。"

说完这句话，两人相视一笑，似乎都明白了彼此的心意。

其实钱钟书和杨绛第一次约会时说的那番话不无原因。孙令衔的远方姑妈有个养女名叫叶崇范。有一次她带着女儿到钱家去拜访，看到一表人才的钱钟书便很想招他做女婿，钱基博夫妇看到这种情况自是很乐意，但是钱钟书却不同意。

而杨绛的回答亦有来由。杨绛在东吴大学读书时十分有名，有"洋囡囡"之称，同时她容貌秀丽，据说追求者有孔门"七十二弟子"之众。那时杨绛有个朋友名叫费孝通，追了杨绛很久。

费孝通 1910 年生于江苏吴江的一个富足家庭，幼年时便与杨绛相识。小时候，杨绛曾用树枝在地上给费孝通画过一个非常丑的画像：胖嘟嘟，嘴巴老张着闭不拢。并使劲问费孝通：这是谁？这是谁？费孝通只憨笑，不做声。

杨绛与同学初到北平，费孝通曾三次接站，前两次均扑空，第三次才终于把她接到。

就是在这样的阴差阳错之下，孙令衔不免出现理解误差。他告诉杨绛钱钟书已经订婚，同时又告诉钱钟书杨绛已经有了男朋友。

也许姻缘注定，钱钟书将孙令衔的话甩在了一边，直接找杨绛问清楚缘由，这才使得这份感情有了一个发展的契机。

不久之后，在好朋友蒋恩钿的劝说下，杨绛转学进了清华。两人的通信便频繁了起来，有时候钱钟书甚至一天一封信。钱钟书文采非凡，写的情书自然锦绣华章。感情，就在这样的交往中不知不觉越来越深了。

有一次钱钟书放假回家了，杨绛难受了好久，在一番冷静之后，觉得这样不好，但是却清楚地知道，自己恐怕是已经爱上这个清华才子了。

因为杨绛面容姣好，曾经还发生过一段趣事。有一次，杨绛在燕京大学的好朋友周芬来清华看望杨绛，在路上碰到了东吴的同学。

她笑着问别人："见到杨季康了吗？"

那人回答："见了。"

她又笑问："还是那么娇滴滴吗？"

那人又回答："还是那么娇滴滴。"

钱钟书听到这件事之后，立即反驳："哪里娇？一点不娇！"

杨绛哑然失笑解释道："我的'娇'，只是面色好而已。"

后来钱钟书亦曾诗称道杨绛的面容姣好："缬眼容光忆见初，蔷薇新瓣浸醍醐。不知靧洗儿时面，曾取红花和雪无？"

爱得早不如爱得刚刚好

在和钱钟书相恋之后，杨绛曾给费孝通写过一封信，告诉他："我有男朋友了。"

不料一向性格憨厚的费孝通急了，竟直接赶到清华找到了杨绛说他更有资格做杨绛的男朋友。理由是他们认识得更久。但是爱得早不如爱得刚刚好，就在杨绛与钱钟书相识的清华古月堂前，杨绛明确地告诉费孝通："朋友，可以。但朋友是目的，而不是过渡。换句话说，你不是我的男朋友，我不是你的女朋友。若要照你现在的说法，我们不妨绝交。"

费孝通看着眼前态度决绝的杨绛，自是知道她已下定决心，不由得感到十分难过，同时也十分无奈，但最终他只得答应了杨绛的要求。

1933 年夏天，钱钟书从清华大学外文系毕业，而清华早已有意让他留校任教或者在学校攻读硕士学位，校长罗家伦甚至亲自出面挽留，但是钱钟书认为自己的大多数知识都是自学，自己再留在清华也学不到什么东西，于是便拒绝了。

与此同时，九一八事变之后，东北三省沦陷，华北危急，学生请愿游行此起彼伏。再者，当时在上海光华大学任中文系主任的钱基博身体状况并不是很好，便让钱钟书回上海光华大学任教。在这种情况下，钱钟书告别了北平，回到了上海。

在清华时，钱钟书常常与杨绛花前月下，自是快乐无比，一旦分别，心中那份思念便猛然涌出，但两人相距千里，于是通信便越发频繁起来。

那时钱钟书尚未将自己与杨绛交往的事告诉钱父，因此频繁的通信引发了钱父的好奇心。有一次，杨绛的一封信恰好落在了钱基博的手中，他未经钱钟书的允许，便将信拆开了，只见杨绛在信上写道："现在吾两人快乐无用，须两家父母兄弟皆大欢喜，吾两人之快乐乃彻始彻终不受障碍。"

钱父看完哈哈大笑，不由赞道："此诚聪明人语！"在钱父看来，明事理、有才华的杨绛一定能成为自己儿子的贤内助，并且未将这件事告诉钱钟书便写了一封信将杨绛表扬了一番。事实上，许多年后，时间也证明了钱父的想法并没有错。

在这件事后不久，在钱父的张罗下，钱钟书和杨绛订了婚。

1934年春季，已经半年没见杨绛的钱钟书对她思念得越发厉害了。终于，他再也按捺不住，直接赶到了北平，看着眼前这个熟悉的人儿，心中虽有千言，但口中却难说只言片语，他只是将她紧紧抱着，就像抱着一件再也无法放手的珍宝，两行清泪，顺着脸颊缓缓而下……

第二年，钱钟书以绝对优势占据教育部第三届庚子赔款公费留学考试成绩榜首，获得了留学英国牛津大学的资格。当钱钟书把这个消息告诉杨绛时，杨绛立刻作出了随他一起去英国的决定。

两年的相处，已经让她深入地了解了钱钟书，她知道这个出生于教育世家，从小各方面全赖家人照顾的清华才子假如一个人去了英国，绝对照顾不好自己。当时杨绛还差两个月毕业，因此便以论文代考试的方式最终毕业了。

这年夏天，也就是在出国留学之前，钱钟书和杨绛这对才子佳人终于结婚了。婚礼一共两场，杨绛娘家那场采用的是西式婚礼，杨绛穿着洁白的婚纱，身侧是提花篮的花女，背后则是提着曳地长裙的花童，钱钟书则穿着白衬衫、礼服，二人相互交换戒指，并在婚书上用印。而在钱家的那场则是中式婚礼，跪拜天地，拜见父母，送入洞房。在那样炎热的天气里，等到一切仪式结束，两人全身早已汗透，虽然很累，可当他们看向彼此脸庞的时候，眼神中都不由多了一抹笑意。

婚后不久，钱钟书和杨绛夫妇二人同赴英国。不料刚到英国，钱钟书便和英国的土地来了一次"亲密接触"。有一次钱钟书出门，刚下公共汽车，还未站稳便摔了一跤，崩断了半个门牙，血流不止。他只得原路返回，在杨绛的陪伴下找到牙医，拔去断牙镶了假牙。

婚后的二人在牛津大学自是过得无比幸福，牛津大学拥有世界上顶级的图书馆，各种藏书极为丰富，这样的地方对于钱钟书来说无异于天堂，他常常醉心于图书馆内的各种书籍，手不释卷。喜欢读书的杨绛见到这样的地方自然也是欣喜不已，不仅为自己制定好了详细的课表，而且每读一本书必然记下翔实的笔记。可以说他们的闲暇时间，基本上都贡献给牛津大学图书馆了。

在牛津待了两年之后，钱钟书和杨绛有了一个女儿。在杨绛生产住院期间，有一次钱钟书去看望她，低着头，像个犯错的孩子："我犯错误了，把墨水打翻了，染了桌布。"

杨绛笑着回答："不要紧，我会洗。"

过了没几天，钱钟书又说："我又犯错误了，把台灯搞坏了。"

杨绛依然笑着回答："不要紧，我会修。"

杨绛身体调养好之后，钱钟书叫了汽车接母女二人出院。一向不近灶台的他竟然帮杨绛煮了鸡汤，并加入了碧绿的嫩蚕豆瓣，端给她吃。而杨绛亦将钱钟书在家中闯下的"祸"一一处理好，很多年后，钱钟书的母亲曾对杨绛夸道："笔杆摇得，锅铲握得，在家什么粗活都干，真是上得厅堂，下得厨房，入水能游，出水能跳，钟书真是痴人痴福。"

小生命的到来给这个家庭增添了无限的欢乐。钱钟书经常在临睡前在女儿的被子里布置上"地雷"，把大大小小的各种玩具、镜子、刷子，甚至砚台或大把的毛笔都埋进去，等女儿惊叫，他就得意大笑。这种看似并无乐趣的游戏，钱钟书却乐此不疲。

钱钟书甚至曾非常认真地对杨绛讲："假如我们再生一个孩子，说不定比阿瑗好，我们就要喜欢那个孩子了，那我们怎么对得起阿瑗呢。"

家中父女间的趣事不少，夫妻间的趣事就更少不了了。钱钟书有午睡的习惯，每当钱钟书午睡的时候，杨绛就常常临帖，有时候临帖累了，杨绛就会直接趴在桌上休息。有一回钱钟书午睡醒了，见杨绛还在熟睡，便想用饱蘸浓墨的笔给杨绛画个大花脸，不料刚下笔杨绛就醒了。不仅如此，杨绛的脸非常吃墨，为了把脸洗干净简直快将脸皮洗破。自那之后，钱钟书再也不敢搞恶作剧了，只是偶尔给杨绛画像的时候会在她的嘴唇处加上两撇小胡子。

夫妻二人在英国一直待到了 1938 年，也就是在这年秋天，他们带着一岁的女儿回到了遍地狼烟的祖国。

遍地狼烟，相濡以沫

彼时，因为国民政府"以空间换时间"的战略大局，清华大学和国内众多高校已南迁至昆明，并组建了西南联大。钱钟书应西南联大之邀，前往昆明教书。而杨绛和家人则逃难到上海，杨绛的三姑母因保护学生被日军杀害，她的母亲亦在动乱中逝世，为了安慰连续失去亲人的父亲，杨绛只得带着女儿阿瑗前往上海。与此同时，她还要筹备母校振华中学在上海开分校的事情和负责一位富家小姐的家教。因此日子过得十分辛苦。

而此时的钱钟书在昆明过得也不如意。中国向来就有枪打出头鸟的习惯，钱钟书在清华时便才华横溢，到牛津大学留学之后学术水平更是大涨，而他平时又喜欢嬉笑怒骂，他甚至直言"西南联大的外文系根本不行；叶公超太懒，吴宓太笨，陈福田太俗"，而西南联大的其他老师也未能幸免。也许在在西方国家待了几年的钱钟书看来这只是文人间的幽默，但是在其他老师看来，这却是不能容忍的。

钱钟书在昆明过得不如意，便越发想念杨绛了，甚至还给她写了一首名为《不寐从此戒除寐词矣》的情诗：

销损虚堂一夜眠，拼将无梦到君边。

除蛇深草钩难着，御寇颓垣守不坚。

如发蓖梳终历乱，似丝剑断尚缠绵。

风怀若解添霜鬓，明镜明朝白满颠。

这首诗颔联化用的是佛学典故和宋理学家的语录，他把自己对杨绛的刻骨相思之情比作蛇入深草，蜿蜒动荡却捉摸不透；心中的城堡被爱的神箭攻破。

1939 年暑假，在西南联大待了不到一年的钱钟书回到上海探亲，便同西南联大断了联系。钱钟书的父亲此时正在湖南蓝田师范任教，钱钟书在上海待了一段时间之后便到蓝田师范任教去了。

钱钟书刚走不久，杨绛就接到自己堂姐夫的来电，诘问钱钟书为什么不回梅贻琦的电报。事实上，梅贻琦曾经发过电报挽留钱钟书，但是这封电报没有到钱钟书手上。钱钟书性高才傲，知道有人在故意为难自己，自是不愿去讨没趣。

1940 年，吴宓曾为了钱钟书能来清华任教而奔走呼吁，但却还是没能成功，吴宓愤愤不平，说清华没有容人之量，不重视人才。甚至直斥叶公超、陈福田在梅贻琦面前表示对钱钟书的不满。

后来，当陈福田来到上海聘用钱钟书时，钱钟书还是委婉地拒绝了。

钱钟书留在了早已沦陷的上海，与杨绛、女儿待在一起。此时的振华中学早已解散，而那位富家小姐也已经毕业，杨绛只得在其他学校教书，而钱钟书则在震旦女子学院任教。乱世之中，生存显得十分艰难。杨绛在江苏的老家早已被日军劫掠一空，而钱家的经济状况也大不如从前，钱钟书和杨绛的日子便过得更加艰难起来。

即便经济很困难，即便二人已不如在英国时那般无忧无虑，但是钱钟书和杨绛却依旧过得十分快乐。杨绛负责一家人吃喝，戏称自己为"灶下婢"，钱钟书便逗女儿，时常将她引得哈哈大笑。

就是在这样艰难的时期，钱钟书和杨绛在艺术创作上大放异彩。她创作的剧本《称心如意》一经演出便大放异彩，名动上海滩。而他的作品《围城》，一经推出便震惊了整个评论界，而且被翻译成多国文字发行，经久不衰。

我们仨走散了

硝烟注定是要散去的，而生活也终归平静。

新中国成立之后，钱钟书任清华大学外文系教授，并负责外文研究所事宜，而且开始了《毛泽东选集》英译的定稿工作。

随后，钱钟书花费两年时间完成了《宋词选注》，这本书也获得了文艺界的极大好评。

在清华任教期间，钱钟书曾养过一只很有灵性的猫，钱钟书对这只猫也格外喜爱。但是这只猫老喜欢和隔壁邻居家的猫打架，因此钱钟书准备了一根长竹竿，常常半夜听到猫叫就帮自己家的猫打架。和钱钟书家的猫打架的那只猫是梁思成林徽因夫妇养的。杨绛怕因为这件事伤了两家的和气，钱钟书则幽默地说："打狗要看主人面，那么，打猫要看主妇面了！"

几年后，十年浩劫发生了，钱钟书和杨绛虽然被下放到五七干校，但是心态却依旧很好，甚至在这一期间还完成了巨著《管锥编》。

1997年早春，钱钟书和杨绛的女儿钱瑗因肺癌扩散去世，此时的钱钟书也已经重病住院，杨绛花了十天时间，才将钱瑗的病情和去世的消息一点点告诉了钱钟书。

钱钟书在病中的时候，杨绛甚至产生过只求比钱钟书多活一年的想法。因为她觉得，照顾人，男不如女。

1998年12月19日，钱钟书因病在北京逝世。她一夜未合眼，在他耳边轻轻诉说："你放心，有我呐。"并且把一小朵紫色的勿忘我和白玫瑰放在他的身体上。

钱钟书逝世之后，杨绛自是格外孤独。一天，恰逢费孝通来访，老友相逢，自是格外高兴。告别下楼时，费孝通还频频回望。杨绛像是意识到了什么，直接对他说："楼梯不好走，你以后再不要知难而上了。"费孝通刹那间已然明了，只得放下了心中的念头。

许多年前，杨绛曾读过英国传记作家概括的最理想的婚姻："我见到她之前，从未想到要结婚；我娶了她几十年，从未后悔娶她；也未想过要娶别的女人。"

当杨绛把这句话念给钟书听时，钱钟书当即回说："我和他一样。"

杨绛微微一笑："我也一样。"

第七辑

诚知此恨人人有，贫贱夫妻百事哀

——朱湘致刘霓君

1933年12月5日，上海已是冷清的初冬时节，上海开往南京的"吉和"号客船在江面上静静地行驶着，辽阔的水面上起了一层薄薄的雾气，连江两岸的建筑也有些朦胧了。

此时正是清晨，客船已快到港，因此客船的甲板上站了不少人，其中一个却格外引人注目。他穿着简陋，面容清瘪，可身上却有着一种别样的气质，那双略显浑浊的眼睛里，似乎满是对这世界的不屑与冷傲。

这个年轻人的身边没带什么行李，唯有一瓶清酒与两本诗集——一本是德国海涅的，而另一本则是他自己写的。他一面饮酒，一面吟诗，音调柔婉，富有节奏，宛若一股从深山绿林中奔涌的甘甜冷冽的泉水。初升的朝阳从江面缓缓爬起，给江面的涟漪描上了一抹金色，亦给他的身上披上了一层霞光。

酒尽。诗止。

他向着船尾的远方望去，脸上闪过一抹幸福的微笑，但随后，浮现的却是不尽的悲伤与深深的痛楚，一如这深沉而不见底的江水。他将目光收了回来，望向了这江面，然后似乎下定了什么决心。

旋即，他猛然一跃，身体在江面上激起一片巨大的浪花。人群开始混乱起来，但是这些声音却永久地消失在他的耳畔了。

数日后，多家报纸头条都刊载了一则消息：诗人朱湘，跳江身亡。

包办婚姻，新式思想

1904 年，朱湘出生在湖南省沅陵县，他的父亲朱延熹此时正任湖南道台。因为在兄弟中排行最末，因此朱湘十分得宠。父亲更是以"仁者乐山，智者乐水"，为他取名为朱湘，字子沅。

朱湘不负父亲所望，幼年时便十分聪颖，6 岁开始读书，7 岁学作文，11 岁便入了小学。但是厄运却也一直伴随着他。3 岁时，他的母亲便因病逝世，8 年之后，父亲亦离世，从此他便由哥哥抚养。

幼年时便失去了双亲的朱湘自是格外孤独，再加上哥哥与他的年纪相差较大，不免产生隔阂。朱湘常常自己一个人读书或者画画，极少与自己的那些兄妹交流，因此朱湘的骨子里又平添了一份冷漠。

1919 年，15 岁的朱湘进入南京工业学校预科学习，此时影响了中国一代人的杂志《新青年》已创刊四年，少年朱湘同样也受到了这份杂志的影响，了解到了"新文化运动"，并且十分赞同。与此同时，一些诸如"平等、自由"之类西方新思想也不可避免地影响到了这个年轻人。

一年后，朱湘考取了清华大学。在清华读书的朱湘成绩十分优秀，各科成绩名列前茅。与此同时他还加入了清华大学的文学社，并且频繁参加文学社活动，文学创作亦是从此时开始的。

1922年，朱湘开始在《小说月报》上发表新诗，并加入了"五四"新文化运动中最先成立的社团——文学研究会。

18岁的朱湘开始在文坛初露锋芒，并且名噪校园，风头一时无两，有人把他和当时清华的另外三位校园诗人饶孟侃（字子理）、孙大雨（字子潜）和杨世恩（字子惠）并称为"清华四子"。许多年以后另外三子都成了文学大家。

与优异成绩和文学上的成功相较的是朱湘的叛逆。当时清华有一个规定，为防止学生早上睡懒觉，早饭前必须要点名。性格叛逆，受"新文化运动"影响，格外崇尚自由的朱湘认为这一规定不过是形式主义，不仅对它嗤之以鼻，更是亲自挑战，多次违反这一规定。

也就是在这一时期，另外一件事也搅乱了他的生活——他的大哥带着一个名叫刘彩云的女孩来到了北平。

当年，朱湘的父亲在湖南任道台时有一个很好的朋友。两家也曾许下一个承诺：如果两家新生的孩子都是男孩的话则结为兄弟，如果两家的孩子都是女孩的话则结为姐妹，如果两家新生的孩子是一男一女的话则结为夫妻。

而刘彩云，正是朱湘父亲朋友的女儿。

朱湘自懂事时起便极力反对这桩婚姻，受过新思想的影响后更甚。在他看来两个指腹为婚，没有丝毫感情的人根本不可能走到一起。可以说，朱湘进入清华在很大程度上是为了逃避这桩婚姻，他甚至认为离得远了，隔得久了，这桩婚事便会断了，不料此时大哥竟带着这个女孩找上门来。

大哥既然已经到了北平，朱湘便已被逼到了走投无路的地步，无奈之下，他不得不硬着头皮与大哥相见。

少年才傲，除名清华

在北平的一家旅馆，朱湘与大哥一阵寒暄之后，一个站在角落里的女子忽然映入了他的眼帘，她的穿着并没有什么特别的地方，但是她那乌黑澄澈的双眼中却有着一丝别样的色彩。

朱湘望见她，她亦扑闪着眼睛望着站在她身前高大挺拔、儒雅而冷傲的朱湘，脸上掠过一抹羞涩。她早已在报纸上读过他的诗了，文字澄澈，宛若一泓清泉；音调柔婉，如同清风拂面。他的诗给她留下了很深的影响。

她把这件事说给他听，眼睛里带着崇拜和爱慕。但是她的话还未说完，他忽然就打断了她，直言自己不会接受这桩婚事。

但她早已认定，嫁鸡随鸡，嫁狗随狗。况且这桩婚事还是父母亲自定下的，她绝对不可能离开他。

他终于被她惹恼，一怒之下离开了旅馆。而她，却只能待在这阴暗的旅馆里低声哭泣，泪水顺着脸颊缓缓而下。

回到清华之后，朱湘又全身心投入到诗歌创作中去了，而此时距离他申请的美国留学仅仅只剩半年。这一回，他不仅要远离家乡，更要远离中国，而这一切为的只是远离她。只有隔得远了，才能摆脱这桩包办婚姻，这是他心中认定的事情。

但是他的计划很快破产了。一天，他竟然在清华大学贴布告的地方发现了关于自己的布告，细看时，发现原来是因自己抵制学校早点名多达 27 次而导致自己被清华开除了。

朱湘被清华开除成了清华轰动一时的新闻，因为他是历史上第一个被清华开除的人。曾有朋友劝朱湘去游说，让学校取消这个处罚，但是朱湘却丝毫不为所动。对他来说"清华的生活是非人的。人生是奋斗的，而清华只钻分数；人生是变幻的，而清华只有单调；人生是热辣辣的，而清华只有隔靴搔痒。至于清华中最高尚的生活，都逃不脱一个假，矫揉！"

1923 年冬季，冷冽的北风在北平城中呼啸着，似乎连空气都显得格外寒冷。比这北风还冷傲的朱湘，收拾好了自己的东西后，连头都没有回便离开他生活了三年的清华园，离开了这偌大的北平城。

离开北平后的朱湘没有回到家乡，而是只身来到了上海，在这繁华与机遇并存的十里洋场，年轻的朱湘却没有找到自己的位置，而且他亦不愿接受别人的资助，因此生活显得格外困顿。他不得不一边打工一边写诗度日。

就在这时，他大哥告诉了他另一个消息，那个名叫刘彩云的女孩子也来到了上海。大哥告诉朱湘，刘彩云的父亲去世了，她大哥独占了所有财产，她只能只身来到这举目无亲的上海，在纱厂谋了一份差事，希望能养活自己。

　　或许是基于同情，抑或是基于对她敢于独立的一种赞叹，他决定
去看一下这个他曾拒绝过的未婚妻。

　　刘彩云做工的那个地方环境很差。工厂仅由几间破败的房子构成，
地上亦到处是些混乱的杂物，空气中也弥漫着一股刺鼻的气味。朱湘
穿过几条工厂隔离开的小巷，一路小心翼翼地穿过几个厂棚，他这才
在纱厂的洗衣房看到了她。

逆转的爱情

　　彼时，她正在纱厂的洗衣房洗衣，白色的水蒸气在她的身边蒸腾
着，她的袖子挽到了手肘处，双手也因为长时间的劳作显得有些红肿。
出身富贵的她，在远离家门之后，竟像纱厂里的那些女工一般劳作了
起来。他看着她，像是多年不见的老朋友，心中在这一刻似乎也有了
某种触动，竟然不自觉地心疼了起来。

　　他看着她没有说一句话，只是转身离开了洗衣房，她随他走了出
来，只剩身后的那些白色的水汽还在蒸腾着。

　　两个人都不说话，就这样相互望着，她的眼睛还是如同先前那般
迷人，而他的身影依旧如初见那般挺拔冷峻。两个人默默地站着，像
是矗立在混乱工厂中的两座雕塑。

　　时光如水，白驹过隙。转瞬，天边的夕阳即将落入地平线。而她

终究还是先开口了，声音柔弱，语调平缓，只有短短六个字："谢谢你来看我。"

他一怔，然后摇了摇头，没有说话。

她望了望他，然后慢慢转过身，低着头，走进入了洗衣房。他望着那个消失在蒸腾雾气里的女孩，心似乎再次被触动了。

回到自己的寓所之后，朱湘便接到了商务印书馆的约稿函，他开始静下心来写作。也就是在这之后，朱湘开始慢慢在上海站稳脚跟，并在上海的《文学周刊》发表一些评论性的文章，这些文章很快便得到上海文坛的关注，并得到极大好评。

因为发表的文章多了，朱湘初到上海时的窘迫境况很快便得到了改善。得到稿酬的朱湘为了御寒，给自己买了一件棉袍，并在不久之后再次去了刘彩云做工的那家纱厂。

但这次朱湘却没有在那间洗衣房找到她，而是在别的女工的指引下来到了一间屋子。这间屋子十分狭小，而且格外潮湿，有的地方还生了霉斑。而她，此时正有气无力地躺在床上发着高烧。她的脸因为高烧而通红，那双格外有神采的眼睛此时也黯淡了下来。他走到她身边，安静地坐下来。看着她此刻的样子，他忽然很自责，自责自己没有早一点过来看她，如果自己陪在她身边，也许她现在就不会生病吧。

想到这里，他忽然开口向她道歉。她摇摇头，但是眼角却有泪水滑落。他又抬起那曾写过许多灵气飘逸诗歌的右手，替她擦去了眼角的泪水。她的嘴角泛起了微笑。

他忽然对她说，自己愿意接受这份由包办婚姻转变而来的爱情。

她恍然一惊，并不确信自己是否听对了他的话，直到她看见他脸上认真的表情，才知道他说的话原来都是真的。她的脸上旋即浮现一抹惊喜，而心头，此刻已悄然被突然到来的甜蜜所填满。

在安慰了她一番之后，他离开了这间厂房，并下决心与她结婚。那个走出清华园却依旧高傲的他，与出身富贵此刻却流落上海的她，在经过了艰辛与折磨后，终于走到了一起。

海外寄霓君

婚礼来得这样迅速而简约，但即便这样，她的内心亦觉得幸福。

婚后他们租住在上海宝山的一个公寓，生活虽然艰辛，但是二人相依相伴，亦过得十分快乐。因为她的名字叫彩云，他觉得每天朝阳升起或夕阳西下的时候那些天边的云彩异常美丽，又因为这些云也叫作霓，于是便给她取了另外一个名字：霓君。

1925 年，朱湘出版了自己的第一本诗集《夏天》，这本收录他早期诗作的集子，风格清丽婉约，得到诸多好评。

婚后第二年，在朋友罗念生等人的大力举荐下，朱湘得到机会再入母校学习一年，并拿到了毕业文凭。当时的清华校长非常欣赏朱湘，并且说他："绝顶聪明。"

与此同时，或是因为与霓君结婚的关系，朱湘的创作激情也猛然高涨了起来，在第一本诗集出版不久后又出版了诗集《草莽集》，这本收录了诸多优秀作品，并且非常符合"音乐美、格律美、建筑美"的诗集，在当时的文坛引起了一阵轰动。

朱湘还与闻一多、徐志摩等著名诗人在《晨报副刊》上创办了《诗镌》专栏，一时间朱湘成为了新月派的代表人物。后世曾有人贴切地评论："郭沫若的诗如不羁的烈火，徐志摩的诗有若璀璨的宝石，朱湘好比无瑕的美玉，闻一多则是澎湃的江河。"

1927年9月，朱湘得到机会赴美留学，并在美国劳伦斯大学学习，但此后不久，朱湘因为一个教授读一篇把中国人比作猴子的文章而愤然离开了这里转入了芝加哥大学。若是别人，遇到这样的事定然会一笑了之，但他是朱湘，那个曾在清华校园里试图挑战权威，并冷眼嘲笑学校开除布告的朱湘。他冷傲，他敏感，他爱国，他不允许这样的事存在。

不久之后，朱湘转入了芝加哥大学，并在那里他开始给远在万里之外的霓君写信：

霓妹，我的爱妻：

你从般若庵十二月初五写的"第一封"信我收到了。我后天就要搬家，你的信可以寄到憩轩四兄第一次替你打的信封那里。我在芝加哥城里过得好些，身体也好，望你不要记挂。我到今天总共收到你八封信。你信内并不曾提到岳母大人同憩轩四兄的病，想必是都好了。你的奶水不够，务必要请奶妈子。照我如今这般寄钱，是很够请奶妈子的，千万不要省这几块钱。小东身体已经不好，如若小时不吃够奶，一定要短命，那时我决定不依你。我新近译好了一本外国诗，寄到上海，可以先拿四五十块现钱，我叫他们直接寄到般若庵八号朱小沅，大概阳历三月底你可以收到。我这几个月因为搬了两次家，省而又省，只省得二十块美金来，阳历三月初寄给你，阳历四月半你可以收到。等一年之后，你进了学堂，我或者可以多买些书，偶尔添点衣裳。像现今这样，是决定不成的。不过这我一点也不埋怨。我书尽有的看，因为芝加哥大学的图书馆极大，要看什么书，就有什么书。我的霓妹妹替我带着一男一女，我每月至少总要有中国钱三十块寄给她，才放心。

大沅

二月六日第一封

　　远在美国留学的朱湘生活过得自是十分艰难，可即便是在这艰难的岁月里，他亦每月节省下一些钱寄到国内，因为他知道，那个让他牵挂的、带着两个孩子的人，必定过得十分辛苦。这封信并没有太多的甜言蜜语，有的，也只是生活的艰辛，时事的艰难。至于柔情，早已深藏在这生活琐事中去了。

　　在芝加哥的朱湘不仅在生活上过得十分艰难，在精神的世界里亦十分孤独，有时候，他甚至只能靠着霓君寄来的信才能聊以慰藉。

霓君，我的爱妻：

　　……

　　这是我替你想的，你总该明白。我在美国住不好的房子，自己作饭，省下钱来寄给你，我对你的一片心总该知道。你为什么要说"将来我们共同生活，金钱独立，人穷志短，可以收回"这种话伤我的心呢？你写这封信的时候，刚在过年，你看到别人热闹，自然难免伤怀。

这我并不怪你，你不必因此心中不安，不过以后你总要少说些伤我心的话才好。你要知道，我在这里举目无亲，又没朋友，就是靠着看看你的信，才减去些寂寥伤感……

沅

三月十四日

在美国的朱湘，将自己写给霓君的信一一编号，他期待着有一天回国与霓君并肩执手，看看这些情书，回想他们曾经分隔两地的爱情。

在芝加哥留学的朱湘此后不久又遇到了另外两件事，一件事是一个教授怀疑他借书未还，而另一件事则是一个同学因为他是中国人而不愿与他同桌。这两件事让敏感的朱湘觉得自己被戏弄了，因此他再次愤然离开了芝加哥大学。

留学第三年，因为经费的原因，朱湘不得不中止了学业，并且在1929年8月回到了中国。而此时，他给霓君写的情书已然有106封了，而且每一封都做了编号。

葬我

回到中国后的朱湘受邀前往安徽大学任英国文学系主任兼教授，月薪300元。他们一家人也在此时迁往了安庆。在那个年代，月薪300元这样的收入让朱湘的经济宽裕了起来。同时又有霓君和两个孩子陪在他的身边，朱湘的生活过得十分惬意。

但是好景不长，安徽大学的经费开始出现问题，并且屡屡拖欠朱湘的工资，而高傲的朱湘又不愿意去求人，于是便只能依靠微薄的稿酬来维持生计。而霓君亦不得不到南京路的一家缝纫公司去学刺绣，以此来补贴家用。

不久后，霓君为朱湘生下了第三个孩子再沅。新生命的到来，本应该是一个值得庆贺的事情，但是对于此时的朱湘和霓君来说，却仿若一副重担压在了二人的身上。

生活的艰辛再一次让两个相爱的人精疲力竭。霓君没有奶水，而朱湘亦买不起奶粉，年幼的再沅哭了整整七天之后便离开了这个世界。

因为再沅的离世，霓君开始常常责备朱湘的无能，而夫妻间亦时常发生争吵，乃至打架，家中的家具物什亦常常被摔得七零八碎。当初相爱的两个人，在经历了生活的困苦之后，终于渐行渐远，而曾经那份真挚的感情亦不复存在了。

朱湘和安徽大学大吵了一架之后终于离开了这个地方，他开始辗转于北京、上海、武汉等地求职谋生，然而因为他的冷傲孤高，不仅四处碰壁，而且得罪了不少人，到最后，他甚至连诗作也难以发表了。

1933 年，走到末路的朱湘终于选择一种决绝的方式离开这个世界。正如他在《葬我》这首诗中所写：

葬我在荷花池内，

耳边有水蚓拖声，

在绿荷叶的灯上

萤火虫时暗时明——

葬我在马缨花下，

永做芬芳的梦——

葬我在泰山之巅，

风声呜咽过孤松——

不然，就烧我成灰，

投入泛滥的春江，

与落花一同漂去

无人知道的地方。

　　他最终在这个寒冷的初冬，深眠在了冰冷的波涛下，但是他的人格与他不朽的诗作，却如丰碑一样矗立在文学史上。

　　朱湘逝世后不久，他在美国写给霓君的那106封情书以《海外寄霓君》的名字出版，并轰动一时。这本书还与《两地书》《爱眉小札》《湘行书简》并称为民国四大情书。

　　而霓君，这个宛若彩云般的女子，则断了红尘，遁入了空门。

第八辑

长相思兮长相忆，短相思兮无穷极

——高君宇致石评梅

1925年3月，初春冷冽而刺骨的寒风还在刮着，这本应是一家人待在屋子里取暖相互谈笑的时节，但在北京陶然亭，却举行着一场葬礼。

人们穿着深色的衣服站在一座新隆起的坟茔边，不可言喻的悲伤浮现在每个人的脸上。气氛，亦显得十分沉默寂寥。

在这群人中，一个身形萧索的年轻女子格外引人瞩目，她并不是很漂亮，然而身上却有着一种难以言说的气质。她安静地站在最靠近坟茔的地方。光洁的脸上泪痕犹在，连睫毛上亦挂着泪珠。她的手轻轻拂过这汉白玉铸就的墓碑，抚摸墓碑上雕刻的冰冷碑记：

我是宝剑，

我是火花。

我愿生如闪电之耀亮，

我愿死如彗星之迅忽。

这几句话是这个墓主人生前自题相片上的话，他离世之后，她将这些话刻在了他的碑上。而这句话的后面，则镌刻着她最深情的誓言："君宇！我无力挽住你迅忽如彗星之生命，我只有把剩下的泪流到你的坟头，直到我不能来看你的时候。"

她一个字一个字地抚摸着，每抚摸一个字，眼泪就像断线的珍珠，扑簌簌地往下掉，然后一颗颗摔碎。抚摸到最后一个字的时候，她已是泣不成声，那个挺拔俊逸的身影仿佛再次出现在了她的眼前……

这个女子，是与张爱玲齐名的民国四大才女之一的石评梅，而在这座墓中长眠的，则是她此生最爱的人——高君宇。

书香门第，晋东才女

1902 年，石评梅出生在山西省平定县的一个书香门第之家。她的父亲石铭，是当朝举人，在山西十分有名。而她的母亲在当地亦有才名。

在评梅之前，石铭已有一子，此时年近半百的他自是希望再有一个贴心的女儿，而刚刚降生的评梅，自然被他视作掌上明珠。为此，他特意依据"白璧无瑕"这个词给她取了一个好听的名字"汝璧"。

汝璧自小便十分聪颖，三四岁时，父亲便开始教她识字断文，而她也学得很快，父母自是格外喜欢。又因为父亲学识广博，琴棋书画皆通，耳濡目染之下，汝璧对这些东西也熟稔了。

辛亥革命爆发之后，汝璧的父亲石铭剪去了辫子，前往太原的山西省立图书馆任职，而汝璧亦随父迁到了太原并在那读了小学。小学毕业后她又以优异的成绩进入了太原女子师范学校。

由于汝璧天资聪颖，成绩自然十分优秀，而且她家教良好，待人接物亦落落大方，因此她十分得学校老师和同学的喜欢。不仅如此，汝璧还十分擅长风琴。每当心情好的时候，迎着落日或朝霞，校园里总是响起她悠扬的琴声，而校园里的同学们则纷纷驻足倾听。

女孩子自然是喜欢花花草草的，汝璧亦不例外，但是她却又有所不同。百花之中，她独爱凌霜傲雪的梅，甚至到了爱梅成痴的地步。不仅喜欢咏梅画梅，就连平时所用的文具上面亦刻有梅花。

在校期间，汝璧曾画过一幅配上了诗文的《雪梅图》，本来这幅画只是闲暇之作，没想到它却引来了很多知名学者前来观赏，"晋东才女"之名因此不胫而走。

与这才女之名相伴而生的还有汝璧的一个新名字——石评梅。

成绩优异而又才名在外的评梅在外人眼里应该是一个安安静静的乖乖女，然而事实恰好相反。生活在那样一个动荡的年代里，"救国"二字永远是学生们关注的字眼，而关注时事的评梅尤甚。

在女师读书期间，评梅便已展露出惊人的组织能力，她不仅常常带领大家发爱国传单，而且常常与同学们到处贴标语。女师有一次闹学潮，她便是组织者之一。学潮过后，学校曾想将她开除，但最后却因为惜才恢复了她的学籍。

1919 年，巴黎和会上，欧美等国不仅拒绝了中国政府在会议上提出的废除"二十一条"等要求，并擅自将德国在山东的权益转让给日本。消息传到国内，当即引起轰动，北京学界更是群情激奋，学生们纷纷发表演讲，并积极组织游行，由此引发了著名的"五四运动"。

也就是同一年，评梅自太原女师毕业。中国自古讲究"女子无才便是德"，然而自幼便喜好读书的评梅却希望继续自己的学业。而且，北平的"五四运动"她自然是有所耳闻的，曾经组织过闹学潮的她又怎会不向往那样的地方？

恰好，父亲亦是个开明的人，在他的支持下，评梅考入了北平女子高等师范学校。见到女儿能够考中，石铭自然心怀宽慰，但是他心中也不免担忧。时值乱世，民不聊生，偷抢之事亦时有发生，山西距离北京虽然不远，但评梅一个女儿家，又怎能在路上保障自己的安全？而且石铭对这个女儿万般宝贝，自然舍不得她受到一点点伤害。

这个时候，石铭忽然想起了另外一个也将去北平的人——吴念秋。

吴念秋身出北大，与评梅是同乡，亦是当时有名的才子，生得也十分俊朗，此时的他正任一家诗刊杂志的编辑。在接到石铭的请求之后，他毫不犹豫就答应了石铭的请求。

初见评梅，吴念秋觉得十分惊艳。在前往北京的这一路上，他更是对评梅关爱有加。然而谁都不知道，在这个看似纯正、热忱的人的背后，竟是充满了欺骗和谎言。

到北京后的评梅在学校安定了下来。她本来是想考入国文系的，但无奈当年该校的国文系并不招生，于是评梅便退而求其次进入了该校的体育系。

初恋夭折，独身主义

吴念秋自从护送评梅来北平之后便常常来学校找她聊天，一来二去，两个本就来自同一个地方，又都身在外乡的人就这样熟稔了起来。

吴念秋在报社工作，薪资也尚过得去，而他也非常会讨女孩子欢心，时不时会买些评梅喜欢的东西过来看她。而且他不知道从哪儿得知评梅爱梅成痴，在回到北平之后，他特意制作了一些精致的信笺，每一张信笺上不仅画有梅花，而且还印着关于梅花的诗句，在信笺上甚至还印着"评梅用笺"这样的字眼。

当他将这些信笺送给评梅的时候，评梅自是十分欢喜的。有哪一个人见到别人送自己喜欢的东西会不欢喜呢？

他看着她高兴的样子，一如看着一件心爱的宝贝。他的双眸深情地盯着她宛若黑宝石的眼睛，语气深情而柔婉："这一切，是因为我爱梅。"

情窦初开的评梅自是抵不住这样的阵势。事实上，此时的吴念秋在她的眼里也是极好的，不仅身出名校，而且才华横溢，丰神俊朗，只怕是个未经世事的少女都会在他热烈似火的眼神中融化开来。

评梅最终还是成了吴念秋的手下败将，并为他许下了"终身不嫁第二人"的誓言。

那是评梅生命里很快乐的一段日子。有时，吴念秋会陪着她在安静的校园里执手并肩地行走，体会这安静的片刻；有时，吴念秋会带着她一起在北平的街道上闲逛，沾染这人间的烟火；有时二人亦会因讨论一本书而饶有趣味……那亦是评梅生命里被人欺骗得最深的一段日子，她不知道，眼前的这一切幸福，都只是这个男人谎言下的美丽泡沫。

然而谎言的泡沫终究是会被戳破的。三年后的某一天，闲来无事的评梅忽然想到吴念秋的公寓去看看，那地方自己虽然熟悉，但是却去得不多。

时值深冬，北平地理位置相对较偏北，天气自是十分寒冷。加上大雪纷纷扬扬地下了好几天，整个北平顿时变成了冰雕玉砌的世界。评梅从学校向吴念秋的公寓走去，伴着"嘎吱嘎吱"的声音，路上留下了她的一串脚印，而她即将见到爱人的满心欢喜，外人怕是无法体会的了。

还没进吴念秋的家门，评梅就在他家门前看到了一个小男孩。

"姐姐，你找谁?"小男孩的声音稚嫩却十分可爱。

"我找吴念秋。"评梅笑着，脸上像开出了一朵幸福的花儿。

然而，那笑容还未持续半刻就在这冰天雪地里僵硬了下来。因为她听到这个小男孩向门里喊了一句："爸爸，有人找。"

一刹那，评梅如坠冰窖，身上厚厚的冬衣在这冷天里似乎也抵不了寒了，她只觉得这地方猛然间寒冷刺骨，让她片刻也不想停留。

爸爸?原来他不仅早已有了妻室，而且还有了一个儿子。但是他为什么要来招惹自己?为什么要这样骗自己，而且一骗便是三年之久。三年啊，一个女人又有多少个像现在这样的美好而青春的三年?

回来的路上，雪突然大了起来。评梅迎着肆虐刺骨的寒风，虽然已多次告诉自己不要为了这个男人而哭，但最终眼泪还是落了下来。

回到学校后不久，吴念秋再次找到了她，希望能求得评梅的原谅，还是和评梅在一起，但是他却也不愿放下妻儿。评梅自是拒绝的，自那日从他的公寓里出来，她便已决然同他断了关系。

因为评梅冷漠的态度，没想到吴念秋竟然狗急跳墙，要挟评梅要将他们之间的情书在报纸上公开。可评梅又岂是那种会被威胁所吓倒的女性？他只不过得到了她更加冷漠的回应罢了。

吴念秋给予评梅的，不仅仅是感情上的伤害，更让她错过了生命中的另一段爱情，毁了她一生！在这件事情之后，她便抱定了独身主义：这辈子绝不再恋爱，绝不结婚，决意"独身"。所有的伤心最终都汇聚成了那首《疲倦的青春》：

缠不清的过去，

猜不透的将来？

一颗心！

他怎样找到怡静的地方？

满山秋色关不住，一片红叶寄相思

评梅初到北京时，吴念秋总喜欢带着她到处参加各种活动。有一次，吴念秋带她参加一个同乡会，宽敞的大厅里挤满了人，一个挺拔俊逸的青年正在大厅中做关于科学民主的演讲。他的面容虽然带着病态的惨白，但声音清朗激越，极富感染力。场下尽管十分拥挤，但是却格外安静，每个人都用心聆听着。

演讲完毕之后，在吴念秋的介绍之下，评梅认识了这个挺拔俊逸的青年——高君宇。评梅一听这个名字便觉得讶异不已，之前虽未见过君宇，但是她却也听说过他的事迹。

"五四运动"轰动全国，君宇便是其中的领袖之一。当时作为北大学生会负责人之一的高君宇在5月4日这天带领着同学们冲进了卖国贼曹汝霖的大宅，不仅将章宗祥一顿暴打，而且在群情激奋之下一把火烧了赵家楼。

评梅知道君宇的事迹，而君宇亦是知晓她的大名的。才华横溢的评梅在进入大学之后，一方面刻苦学习，另一方面又勤于写作，经常写诗和散文向北京的各个杂志报刊投稿，评梅的诗文也常常被编辑所赞赏、发表。不久，评梅竟有了"北平著名女诗人"之誉。评梅的诗文又常常以追求真理、追求自由为主题，因而君宇对她的印象十分深刻。

两人一见如故，不觉深交了起来。谈及时事，谈及理想，谈及国家未来，两个人的共同话题竟不少。同时，在交谈过程中石评梅发现君宇竟然曾经是父亲的学生，便觉得君宇与她更加亲切了起来。

同乡会相识之后，君宇为革命奔波于各地，但此时他与评梅的信件却往来不断，并时常谈及自己的抱负与理想，而评梅有了困惑亦愿意向君宇倾诉。

在与吴念秋分手之后，评梅一下子陷入了情感的低谷期，思想上亦显得十分消极。君宇在评梅给他的信件中也有所察觉，但是他以为这不过是"五四运动"后青年们在思想上的困顿，于是便给她写信劝她："积极起来，粉碎这些桎梏。"

不久之后，君宇得知了她和吴念秋的事情，心中觉得愤怒的同时，亦十分心疼。而事实上，在长期的通信过程中，君宇早已爱上了这位聪颖伶俐的小师妹，即便吴念秋早已和评梅分手，君宇却还是不敢向评梅表露出自己的爱意。因为在他的老家，他还有一位妻子，虽然这是一桩包办婚姻，君宇也不爱那位女子，但是他却不愿伤了她的心，然而让他去伤评梅的心，他更是舍不得的。

君宇从青少年时期开始便参加革命，自领导五四运动后，1920 年又在北京组建了社会主义青年团，同年五月又在太原主持青年团工作，第二年又前往苏联参加远东共产党和各民族革命团体代表大会，回国后又马不停蹄地主持其他革命工作，长期的高负荷工作终于让他积劳成疾。1923 年，君宇不得不在北京西山安心养病。

当时正值初秋，西山的红叶在秋风的轻抚下纷纷扬扬飘落满地，仿佛整座西山铺了十里红装。君宇时常在这里漫步而行，观赏山上的美景，每当这个时候，小师妹的音容笑貌就会浮现在他的心头。

终于，君宇再也抑制不住心中对评梅的爱，在经过一番深思熟虑之后，他终于给评梅寄出了自己的信，并且在上面写了两句诗。

此时的评梅已从北京女子高等师范学校毕业，并在母校的附属中学任国文老师和体育老师。君宇写的信她很快就收到了，在一个静谧的深夜，伴着身边昏黄的灯光，她缓缓地从精致信封里抽出了那封特殊的信——一片心形的红叶。上面还用干净而纯朴的字迹写着两句诗："满山秋色关不住，一片红叶寄相思。"

同时，君宇还向她交代了自己的情况：自己身患很严重的肺病，家中尚有一位包办的妻子，而且他现在选择的也是一条非常危险的革命之路。

那样两句浅显的诗，评梅自然是看得懂的，君宇的心她也是知道的，不过评梅却感到深深的痛苦，吴念秋给她造成的伤痕犹在心脏的最深处隐隐作痛，而自己亦早已抱定独身主义。被感情伤害过的她，也不愿见到君宇的那个包办妻子像她一样被伤害。因此，最然评梅对君宇十分有好感，但却还是在那片红叶上写下了："枯萎的花篮不敢承受这鲜红的叶儿。"

她心知自己这样的回答会让君宇伤心，但是为了另一个女人不再受到自己这样的伤害，她还是将这封信寄给了君宇。

情到深处人孤独

　　君宇收到评梅的信之后果然十分黯然，但是他却将心中的这份失落深深地掩藏了起来。他依旧时常给评梅写信，时常和她谈论时事理想，但是他却不敢去见她，只想要淡忘这一切。但是感情就像是山洪，一旦爆发，便不可阻挡。不久之后，君宇又给评梅写了一封信。

评梅：

　　……就是同乡会后吧，你给我的一信，那信具有的仅不过是通常问候，但我感觉到的却是从来不曾发现的安怡，自是之后，我极不由己的便发生了一种要了解你的心……三年直到最近，我终于是这样提悬着！故于你几次悲观的信，只好压下了同情的安慰，徒索然无味的为理智的劝解；这种镇压在我心上是极勉强的，但我总觉得不如此便是个罪恶。我所以仅通信而不来看你，也是畏惧这种愿望之显露……在我们平凡的交情，那次信表现的仅可解释为一时心的罗曼，我亦随即言明已经消失，谁知那是久已在一个灵魂中孕育的产儿呢？我何以有这样弥久的愿望，像我们这样互知的浅显，连我自己亦百思不得其解……

　　这封信，没有汉赋的华丽大气，亦无唐诗宋词的精巧典雅，但是每一字每一句，无不情真意切，饱含着他对她的痴爱。在这封信里，君宇更是向评梅透露了自己对她的情感历程。原来，他从同乡会见到她的时候便已爱上她了。

君宇的信让评梅的心再次掀起了情感的波澜，她甚至感到深深的痛苦和自责："我现在恨我自己，为什么去年不去死，如今苦了自己，又陷溺了别人。"

评梅在感情的旋涡里痛苦挣扎，健康也在不久后出了问题。1924年初，评梅不幸患上了猩红热。这种病并不是什么大病，可是在那样一个困苦而又缺医少药的年代，猩红热却导致了很多人的死亡。那时的评梅孤单地躺在床上，心中感到十分绝望，甚至已经写好了遗书。

君宇听到这个消息之后心急如焚，立即赶到她的寓所去看望她。当他看到孤单地躺在病床上的评梅时，心不由得生疼。在那段时间里，他亲自喂她吃药、喝水，照顾着她的起居饮食。等到她好一点的时候，他就带着她去屋外看看昏黄的夕阳和天边绚丽的火烧云。终于，在君宇细心的照料下，评梅完全康复了。可此时的她却还是无法对君宇打开心扉，吴念秋对她的伤害就像是一根尖锐的刺，狠狠地扎在她的心里。

评梅的好友庐隐看到这种情况，曾说："你坚持独身，不但得不到旧礼教的宽容，也得不到吴天放（即吴念秋）的赏识，反而会让他耻笑你的懦弱！评梅，稍纵即逝的青春和爱情，你应当用全力把握它，不要让它悄然逝去，也不要让它黯然消沉，千万要珍重啊！如若不然，一念之差，你就会遗恨百世，抱憾千古！"

1924年5月，北洋政府忽然对北平城内的国共两党成员展开了大搜捕，君宇巧妙地将自己扮成厨师后脱险。之后他又接到了上级的命令，让他回山西建立党组织。在回山西之前，君宇最后还是到评梅的寓所看了她一眼，在那个静谧的晚上，君宇告诉她这次回山西就会同包办婚姻的妻子离婚。评梅听到他的承诺，亦只是沉默。

不久之后，远在北平的评梅忽然收到了君宇寄来的信。信中所写的，正是君宇在老家山西和妻子离婚的详细过程。那桩束缚了君宇近十年的包办婚姻，在这一刻终于成了断裂的锁链。

从此，君宇便自由了。

他深情地在信里对她说："我是有两个世界的：一个世界一切都是属于你的，我是连灵魂都永禁的俘虏；在另一个世界里，我是不属于你，更不属于我自己，我只是历史使命的走卒。"

君宇所做，自然让评梅感动，可她早已抱定的独身主义似乎是一道魔咒，让她再次回绝了他的爱："我可以做你唯一的知己，做以事业为伴共度此生的同志。让我们保持冰雪友谊吧，去建筑一个富丽辉煌的生命！"

对于评梅的再次回绝，君宇自是黯然神伤，然而时局却让他没有过多时间来思考。1924 年 9 月，高君宇南下广州担任孙中山的秘书。然而仅仅在半个月之后的双十节，广州商团突然发动了武装叛乱，大肆屠杀节日里在街上游行队伍中的革命人士，君宇在孙中山的命令下带领部队仅仅用了几个小时便将叛乱镇压了下去。

虽然君宇因迅速镇压这场叛乱而得到了嘉奖，但他却也险些因此而丧命！战斗中他坐在一辆汽车里，流弹猛然间击穿了汽车玻璃，与他擦身而过，玻璃在车内碎得满地都是，君宇的手也因此而受伤。

几天以后，或是由这件事感受到了生命的脆弱，君宇在一家店里买了两枚象牙戒指，他自己留了一枚，而另一枚则是和一封信一起寄到了北平的评梅手中。

评梅：

……我何尝不知道：我是南北飘零，生活在风波之中，我何忍使你同入此不安之状态。所以我决定：你的所愿，我将赴汤蹈火以求之，你的所不愿，我将赴汤蹈火以阻之。不能这样，我怎能说是爱你！从此我决心为我的事业奋斗，就这样飘零孤独度此一生，人生数十寒暑，死期忽忽即至，奚必坚执情感以为是。你不要以为对不起我，更不要为我伤心……

信中的词句依旧是从前那般深情，不过这深情却带着一次次被拒绝后的疲惫，他甚至已经决定要孤独飘零地为自己的事业奋斗一生。佛云，人生有八苦：生、老、病、死、爱别离、怨憎会、求不得、五阴炽盛。君宇这又何尝不是片片心碎后的决绝？

评梅抚摸着象牙戒指，看着君宇寄来的信，君宇的样子仿佛再次出现在了自己面前。这一次，她顽若磐石的心终于动摇了，但是她却还是没有向君宇表达出自己的心意。

生难同衾，死亦同穴

评梅收到这封信之后不久，君宇便随孙中山北上，抵达北京。但此时的他却因为劳累过度而咳血，不得不住进了德国医院。

评梅得到消息后前来看他。她站在病床前，君宇看着她的眼睛语带双关地问："地球上最远的地方是哪里呢？"

评梅虽然知道君宇的意思，但是却依旧安静地回答："便是我站着的地方。"

君宇听到评梅的回答，只得凄然而笑。

虽然暂时还得不到评梅的爱，但是评梅日日陪伴在他的身旁，君宇还是能够感觉到她态度的松动。君宇的病情也因此一天天好转。

君宇康复后，北京下了一场大雪，银装素裹的陶然亭也显得格外美丽。陶然亭是典型的清式建筑，亦是"中国四大名亭"之一。君宇最喜欢的地方也是这里。康复后的那一段时间，他常常和评梅一起到这里来漫步，欣赏这里的美景。感情就这样在日日的相处中慢慢萌芽、生长。

有一次游玩的时候，君宇对评梅说："北京城的地方，全被权贵们的车马践踏得肮脏不堪，只剩陶然亭这块荒僻土地还算干净。评梅，你是真爱我的朋友，倘若我有什么不测，你就把我葬在这里吧。"

评梅没有想到，不久之后，君宇的话竟然一语成谶。

回到北平后，君宇参加了国民会议促成会全国代表大会的筹备工作。1925 年 3 月 1 日，他作为与会代表，抱病参加了会议。

第二天下午，他忽然感到腹部疼痛不已，但是却依旧带病坚持工作。到 4 号的时候，君宇疼得不能动了，这才回到寓所休息。评梅听到消息，急匆匆地过来看望。

当她看到在病床上痛得打滚的君宇时，眼泪终于忍不住了。她紧紧握住他的手说："辛，你假如仅仅是承受我的心时，现在我将我这颗心双手献在你面前，我愿它永久用你的鲜血滋养，用你的热泪灌溉。"

在这一刻，她终于承认，自己爱他，而且爱得深入骨髓。

君宇随后被送到了医院，被确诊为急性盲肠炎，要进行手术。而评梅却因为必须出席一个校会不得不暂时离开了君宇。没想到，这一别，却是永远。

当晚君宇病情急剧恶化，还未来得及手术，便离开了这个世界，离开了他想要为之奋斗一生的革命事业，离开了他曾深深爱着的评梅。

评梅在忙完校会的事情后曾做过一个奇怪的梦：穿着玄色西装的君宇，系着大红领结，右手拿着一枝梅花，满面笑容地站在她的面前……评梅醒后忽然觉得异常慌乱，眼泪也不由地流了下来。

等她赶到医院时，得到的却是君宇离世的消息。

她看着这个熟悉却已永远离开她的身影，忽然想起了他们第一次相遇时的情景，想起了他和自己通信时的情景，想起了那一片采自碧云寺的心形红叶，想起了自己生病时他焦急的样子，想起了他送自己的那枚象牙戒指……

曾经的每个场景有多幸福，现在的她就有多难过。她安静地看着他的脸庞，就像很多年前他望着她一样。

依照君宇生前的遗愿，评梅将他葬在了风景秀丽的陶然亭。他虽然不在了，可在她心中却仿佛从未离去。她常常来看他，每次在他的墓前一坐便是一天，每次都哭得像个泪人儿……

在此后的岁月里，他送她的那枚象牙戒指成了她手指上永不凋落的洁白花朵，她手中的那支笔，以泪为墨，写就了《最后的一幕》，写就了《肠断心碎泪成冰》，也写就了那篇令人心酸的《墓畔哀歌》：

我由冬的残梦里惊醒，春正吻着我的睡靥低吟！晨曦照上了窗纱，望见往日令我醺醉的朝霞，我想让丹彩的云流，再认认我当年的颜色。

披上那件绣着蛱蝶的衣裳，姗姗地走到尘网封锁的妆台旁。呵！明镜里照见我憔悴的枯颜，像一朵颤动在风雨中苍白凋零的梨花。

我爱，我原想追回那美丽的娇容，祭献在你碧草如茵的墓旁，谁知道青春的残蕾已和你一同殉葬。

三年之后，这个民国知名的才女便因为伤心和劳累过度患上了急性脑膜炎而病逝，年仅26岁。依据她生前常常说的"生前未能相依共处，愿死后得并葬荒丘"，朋友们将评梅和君宇合葬在了陶然亭。

第九辑

愿我如星君如月，夜夜流光相皎洁

——朱生豪致宋清如

上世纪 80 年代，在浙江嘉兴南门，人们常常会看到一个白发苍苍的老妇人坐在自家门前的椅子上安静地望着落日。她的身后，是带着风霜雨雪痕迹雕琢的旧房子，青色的砖瓦上有岁月的痕迹。这栋显得有些昏暗的老房子内，挂着一幅碳墨画像，画的是一个年轻人，眉眼如画，温文尔雅。

淡淡的夕阳照在老人的身上，连带着她浑浊的双眼也染上一层橘黄色的温暖。一群自外地而来的人们，默默地围在她身边，听她讲述一个冗长故事。她的语调十分缓慢，但是却仿佛有着一种神奇的魔力，让人不知不觉间便安心下来。

讲着讲着，她忽然停了下来，聆听者看到她的目光渐渐转向了屋内的那幅画像上，嘴角也勾起了一个好看的弧度，就像她在年轻时候读到他给她写的情书，脸上泛起了笑容。

阿姐：

　　不许你再叫我朱先生，否则我要从字典上查出世界上最肉麻的称呼来称呼你。特此警告。

　　你的来信如同续命汤一样，今天我算是活过来了，但明天我又要死去四分之一，后天又将成为半死半活的状态，再后天死去四分之三，在后天死去八分之七……等等，直至你再来信，如果你一直不来信，我也不会完全死完，第六天死去十六分之十五，第七天死去三十二分之三十一，第八天死去六十四分之六十三，如是等等，我的算学好不好？

　　……

朱一日

　　画像中的那个男子，是一代翻译大家朱生豪，而老屋前的这个白发苍苍的老人，是他曾经最深爱的女子。

楚楚身材可可名，当年意气亦纵横

　　1912 年，朱生豪出生于浙江嘉兴的一个没落商人家庭，父亲名叫陆润，在当地小有名气，母亲名为朱佩霞，长得也很标致。

　　朱生豪的父亲生活在嘉兴市南湖区禾兴南路 73 号的一座老宅子里。整座宅子坐东朝西，且附带着十分宽敞的前庭后院。庭院中植有松柏，地面由青色的石砖铺就，环境清雅幽静。朱生豪便是在这里长大的。

朱生豪天资聪慧，极得父母疼爱，因此童年过得十分快乐。五岁时，小生豪便被送进了开明初小读书，五年后以甲级第一名的成绩毕业。但是不久，生豪的母亲病逝，从此生豪的生命中便缺失了这世间最温暖的母爱。然而他还来不及告别这悲伤，上天却再次给他开了一个玩笑——生豪的父亲在他母亲离世后也因病去世了。

双亲离世，年仅12岁的生豪一夜间变成了孤儿，这世界对他来说也好像变得陌生了起来，不仅没有丝毫的光照，反而十分冰冷。他的性情也由此大变，从前那个快乐活泼的小生豪变成了一个少言寡语的沉默少年。

生豪的双亲去世之后，便由孀居的姑母抚养。在姑母的细心照料下，生豪渐渐从悲伤中走了出来，并以优异的成绩考上了秀州中学，只是他的性格却依旧很冷淡，不愿多说话。

在秀州中学读书的生豪十分刻苦，成绩也十分优秀，深受学校老师们的喜欢。在这里，他度过了安静而勤奋的几年。1929年，他从秀州中学毕业，因为成绩优秀，他被秀州中学的校长保送到杭州之江大学，并获得了全额奖学金。

之江大学位于钱塘江畔，是当时有名的大学，不仅环境优美，而且名师众多。生豪入读的是之江大学的中国文学系和英文系，因为学习成绩名列前茅，因此十分受老师们的喜欢。在这一时期，他的才华也渐渐显露出来，并且得到了同学们的敬佩。大二时，生豪加入了之江诗社。

入社之后，他曾写过一篇《唐诗人短论七则》，不料这篇文章竟引起了之江大学教授、"之江诗社"社长夏承焘的关注。看完这篇文章之后，夏承焘曾毫不掩饰地夸赞道："阅朱生豪唐诗人短论七则，多前人未发之论，爽利无比。聪明才力，在余师友间，不当以学生视之。其人今年才二十岁，渊默若处子，轻易不发一言。闻英文甚深，之江办学数十年，恐无此不易之才也。"

生豪由此在校园之中声名鹊起，名冠一时。

1931 年，"九一八"事变震动全国，东北三省沦落为日本的囊中之物，大片国土丧失，东北人民亦流离失所。生豪听到消息之后大怒不已，之后之江大学顺应时势成立了抗日救国会，生豪积极参加，并成功当选为委员，投身于抗日救国活动。他还说过这样一段话："爱国是一个情感的问题，国民对于国爱不爱全可以随便，不能勉强的，但因为个人是整个国家的一分子，因此必然地他对于国家有一种义务，一个好国民即是能尽这种义务的人。"

不需耳鬓常厮伴，一笑低头意已倾

在之江大学生活的这段时间，生豪过得十分充实、快乐，不仅如此，在大学的第四年，他收获了自己的爱情，遇到此生他最爱的女子——宋清如。

宋清如，1911 年出生在江苏常熟的一个书香门第。先祖宋宪，曾任唐代大理寺丞，讲书任教，弟子众多。清如的曾祖父和祖父均为国学生，在当地十分有名。清如在家中排行第二，因此家中下人常常称她二小姐。清如自小便喜欢读书，没几岁便开始接受私塾教育，熟读《三字经》《弟子规》这类古书。待到稍长一些，她又进了洋学堂，开启了求学之路。清如的成绩十分优秀，小学毕业后又考入了苏州省立女中。

在女中的学习快要结束时，清如本应该是进入大学深造的，但这时她却与家里人发生了激烈的争吵。原来家里人在清如小时候便给她定下了一门亲事。对方是江阴一户姓华的人家，家庭亦十分富有，与宋家门当户对。

女大当嫁，家人自然是希望清如在女中毕业之后能够按照家里人的安排结婚，但一向喜欢读书的清如又怎能接受这个安排，她直接向父母提出了："我不要结婚要读书"。她甚至还提出了要把嫁妆作为学费让她去上学的要求。

虽然辛亥革命早已将清王朝推翻，可是几千年来积压在人们脑中的封建思想却还有残余。在那样一个时代，这位宋二小姐的言论和行为依旧惊世骇俗。

清如的父母虽然为女儿提出的要求感到恼火，但是面对这个"含在嘴里怕化了，放在手里怕摔了"的宝贝女儿，他们这股子气却怎么也生不起来。最终，他们只得答应了女儿的要求，给了她一片自由的天空，放手让她去飞翔。

1932 年 9 月，之江大学迎来了一道清丽的身影，这个人自然就是逃离了家庭牢笼的清如。清如初入大学便显示出了性格上的与众不同。

她认为女性穿着华美是自轻自贱，因为女孩子应该把读书当作自己一生的事业，只有内涵美的人才是真正的美。同时清如也十分洒脱，她说："认识我的，我是宋清如，不认识我的，我还是我。"这份洒脱与独立，在当时的校园里引发了一阵争论。

清如与生豪的初遇是在之江诗社的一次活动上，那时清如刚刚加入之江诗社，她又不擅古体诗，甚至连平仄都辨识不出来，于是便别出心裁地写了一首《宝塔诗》——那场交流会上的唯一一首新诗，作为自己入社后的作品。当时生豪的同班好友彭重熙看完这首诗之后，便将之递给了身边的生豪。生豪看完后，只是嘴角微微勾起一抹微笑，然后将头低了下去，便再没有别的表情。

很多年后，清如回忆第一次与生豪见面时的场景，嘴角依旧是泛着淡淡微笑："那时，他完全是个孩子。瘦长的个儿，苍白的脸，和善、天真，自得其乐地，很容易使人感到可亲可近。"

第一次见面后没过几天，生豪给清如写了一封信，并附上了几首自己写的新诗请清如指点。清如看完他的信和诗之后，给生豪回了信，两个人的交往，就这样通过交流写诗开始了。自那之后，清如也常常会写些自己不擅长的古体诗向生豪请教。

在那个年代，大多数校园爱情都缘起于相互之间的通信，生豪和清如亦是这样。随着时间的流逝，生豪终于发现自己爱上了这个性格开朗、行事洒脱的姑娘。他写了三首《鹧鸪天》，并以此来向她表明自己的心意：

楚楚身裁可可名，当年意气亦纵横，同游伴侣呼才子，落笔文华洵不群。

招落月，唤停云，秋山朗似女儿身。不须耳鬓常厮伴，一笑低头意已倾。

忆昨秦山初见时，十分娇瘦十分痴，席边款款吴侬语，笔底纤纤稚子诗。交尚浅，意先移，平生心绪诉君知。飞花逝水初无意，可奈衷情不自恃。

浙水东流无尽沧，人间暂聚易参商。阑珊春去羁魂怨，挥手征车送夕阳。梦已散，手空扬，尚言离别是寻常。谁知咏罢河梁后，刻骨相思始自伤。

这三首词字句婉转，风格含蓄，但是却十分明显地表达出了生豪对清如的爱意。清如看到这三首词之后，显得十分羞涩，但是她的内心却是欢喜的，这么久的交流，早已让她对这个之江才子有了深入的了解，她认为这个人值得自己去认真对待。

爱情，就这样开始了。

世上最会讲情话的人

没有爱的早，亦没有爱的巧，只是爱情来的恰恰好。1933 年，在收获了自己的爱情后，生豪从之江大学毕业了，并在上海世界书局英文部任编辑一职，参与编辑《英汉求解、作文、文法、辨义四用辞典》。

两个刚刚相爱的年轻人，在刚刚明白彼此的心意之后便各分天涯，这样的事情绝对是让人痛苦的。而生豪生性又十分腼腆，连他的老师都说他是个"渊默若处子，轻易不发一言"的人。而他在自我评价时亦说过："一年之中，整天不说一句话的日子有一百多天，说话不到十句的有二百多天，其余日子说得最多的也不到三十句。"

就是这样一个不喜欢说话的人，却将这世上最动听的情话诉说给了自己最爱的女子。到上海之后不久，生豪便再也耐不住对远方的那个女子的思念，给她写了信。

宋：

才板着脸孔带着冲动写给你一封信，读了轻松的来书，又使我的心弛放了下来。叫他们拿给你看的那信已经看到？有些可笑吧，还是生气？实在是，近来心里很受到些气闷，比如说有人以为我不应该和你交往之类。

这时的生豪多少有些初恋时的不安，别人说他不应该和清如交往，他便感觉自己心里受了闷气。因为刚刚和清如确立关系，这时他写给清如的情书也显得中规中矩。

在与清如交往了一年多后，生豪决定开始翻译《莎士比亚全集》。据传生豪决意翻译莎翁有三个原因：其一是希望将翻译事业当作摆脱迷茫的一剂良药；其二，他想为中国人争一大口气。他曾写信给清如："你崇拜不崇拜民族英雄？舍弟（朱文振）说我将成为一个民族英雄，如果把 Shakespeare（莎士比亚）译成功以后。因为某国人（编者注：某国指的是日本）曾经说中国是无文化的国家，连老莎的译本都没有……"

别人说自己国家无文化，生豪便非要让对方看看中国的译本，这便是生豪的坚持。

至于生豪翻译莎翁的第三个原因，则是他想把这作为送给清如的礼物。清如听到这个消息之后，自然感动不已，并因此而写下了一首《迪娜的忆念》："落在梧桐树上的，是轻轻的秋梦吧？落在迪娜心上的，是迢远的怀念吧？四月是初恋的天，九月是相思的天……"

生豪后来还为这首诗谱了曲，当作他们爱情的纪念。

1937年，浙江沦陷，清如不得不离开故乡，来到了四川，辗转于重庆和成都两地执教。生豪则在上海书局工作，任《中美日报》的编辑。此时，生豪和清如已经相恋四年了，两人的感情也渐渐稳定了下来，而生豪给清如写的情书再也不复早些时候的敏感和不安，倒是越来越俏皮起来。比如这一封。

宋：

要是这世上只有我们两个人多么好，我一定要把你欺负得哭不出来。

我爱宋清如，因为她是那么好。比她更好的人，古时候没有，以后也不会有，现在绝对再找不到，我甘心被她吃瘪。

我吃力得很，祝你非常好，许我和你偎一偎脸颊。

无赖 星期日

也许是爱得越深，在对方面前便越像个孩子。此时，在生豪眼中，清如便是这世上最好的人，而他认为这种好以前未出现过，以后也不会出现。因为爱她，他不仅要欺负她，还心甘情愿被她欺负，甚至在信件的落款，他还将自己的名字改成了"无赖"。此时的他，在心爱的人面前的确有些像"无赖"了。

生豪不仅改了自己的称呼，甚至连对清如的称呼都改了。比如这一封信：

你相不相信"一见钟情"这句话？如果不相信，我希望你相信。因为昨天有一个人来看我，我们看影戏，我们逛公园，她非常可爱，我交关喜欢她。我说，她简直跟你一样好，只不知道她是不是便是你？也许我不过做了个梦也说不定。

亲爱的小鬼，我要对你说些什么肉麻的话才好耶？我只想吃了你，吃了你。

鸭 廿五

在这封情书里，生豪深情地称呼清如为小鬼，然而小鬼却仅仅只是他对清如的一个昵称而已，在其他的信件里，甚至什么"阿姊、傻丫头、青女、无比的好人、宝贝、小弟弟、小鬼头儿、昨夜的梦、宋神经、小妹妹、哥儿、清如我儿、女皇陛下"这类称呼都出来了。后世曾有好事之人统计，发现生豪在情书里对清如的昵称竟然多达30多个。

生豪给清如起的昵称十分有趣，而他给自己的署名更让人忍俊不禁。他在信件里常常留下诸如"你脚下的蚂蚁、伤心的保罗、快乐的亨利、丑小鸭、吃笔者、阿弥陀佛、综合牛津字典、和尚、绝望者、蚯蚓、老鼠、堂吉诃德、罗马教皇、魔鬼的叔父、哺乳类脊椎动物之一、臭灰鸭蛋、牛魔王"这类称呼。

不仅两人的昵称千奇百怪，随着感情的加深，生豪给清如写的信也越来越有趣：

其实如果有眼睛而不能见你，那么还是让它瞎了吧，有耳朵而不能听见你的声音，那么还是让它聋了吧，多少也安静一点。只要让心不要死去，因为它还能想你。

回答我几个问题：

1.我与小猫哪个好？

2.我与宋清如哪个好？

3.我与一切哪个好？

如果你回答我比小猫比宋清如比一切好，那么我以后将不写信给你。

4.我要不要认得你？

5.小猫要不要认得你？

6.小猫要不要认得我？

我想要在茅亭里看雨、假山边看蚂蚁，看蝴蝶恋爱，看蜘蛛结网，看水，看船，看云，看瀑布，看宋清如甜甜地睡觉。

这些情书，清如自然是给了生豪回复的，只是后来由于战乱，那些情书都遗失了，很多年之后，这件事情让清如感觉十分遗憾。

才子佳人，柴米夫妻

1941 年，太平洋战争爆发，上海除去英法租界的中心地带，四面全部被日军侵占，一时成为了"孤岛"。生豪所在的报社亦被日军查封，生豪混在排字工人中才得以逃出。报社被日军查封还没什么，不过翻译稿件的遗失却让生豪痛心不已。1937 年，日军进攻上海，与中国十九路军发生激战，生豪所居寓所被焚，翻译稿件尽毁于战火。而这次，这些年来生豪所翻译的稿件又一次遗失了。

日军侵占上海后不久，清如从四川返回上海，与生豪相见，两人就此在上海暂居了下来。

1942 年 5 月 1 日，生豪和清如在上海结婚，步入了婚姻的殿堂。生豪的老师，一代词宗夏承焘为他们写下了八个字：才子佳人，柴米夫妻。

婚后不久，迫于上海在日军统治下的严峻形势，夫妻二人一起回到了清如的老家常熟。在那里，生豪化名为朱福泉，几乎从不上街，只待在家中翻译莎翁作品。不久，生豪补全了莎翁译本的全部喜剧。

常熟较之上海相对安全，但在当时却是日军的清乡区，因此也十分危险，于是几个月之后，生豪便携妻子离开了常熟，回到了自己家的老宅——嘉兴市南湖区禾兴南路 73 号。

在老宅，由于战乱时经济凋敝，生豪和清如过上了"柴米夫妻"

的生活。夫妻二人每个月总是先把米买好，其他开支能省则省。洗衣做饭，淘米择菜，这些成了清如生活的全部。一张木桌，一把靠椅，一支老旧的钢笔，一套莎翁全集和两本词典，这些成了生豪工作的所有。

婚后夫妻二人的感情也更深了。有一回，清如因为有事回到了常熟，生豪竟然每天都在家门前的青梅树下等她回来。时值初春，细雨缠绵，雨打青叶，花开如雪。生豪看见这景色，心中有感而发，写道："要是我们两人一同在雨声里做梦，那境界是如何不同；或者一同在雨声里失眠，那也是何等有味。"久别而归的清如看到这些诗时，心中顿然一痛，原来自己不在的这段时间，他便是这般想念着自己熬过来的……

不久，生豪和清如有了一个孩子，二人的生活更加幸福了。有时候生豪翻译稿件，清如则在一旁红袖添香；等稿件完成，清如则是第一个读者，指出生豪所译稿件的成功之处和缺陷所在，然后夫妻二人一同商议修改。有时候生豪忙里偷闲逗孩子，清如则在一旁微笑。

有朋友曾经想为清如写一本《宋清如传奇》，清如听说之后笑问道："写什么？值得吗？"那人回答："因为朱生豪吧。"清如淡然回答："他译莎，我烧饭。"

平淡之间，爱已了然。

此时的二人虽然经济拮据，却过得十分快乐。然而，这样的生活并没有持续多久，由于长时间高强度地工作，生豪的身体出现了健康问题。

在翻译莎翁历史剧《亨利四世》时，生豪突然感觉肋间剧痛，经过诊断，他被确认患上了严重的肺结核和并发症。患病之人，本应该好好休息，但此时的生豪却仿若在与时间赛跑，翻译莎翁，是他毕生的心愿，他决不允许病痛阻止他的脚步。

清如看到生豪因生病痛苦的样子，急得直掉泪，可是她却只能默默守护在生豪的身边。1944年11月底，生豪病情突然加重，此时的他不仅无力继续翻译事业了，甚至连下床、读书、写字这类事也无法进行了。在病床上，他曾遗憾地对清如说道："莎翁剧作还有5个半史剧没翻译完毕，早知一病不起，就是拼着命也要把它译完。"

1944年12月26日，在经受了长时间的病痛折磨之后，生豪最终还是离开了这个世界。临终之前，他静静地躺在清如怀中，口中断断续续、高高低低地念着莎翁戏剧中的台词，之后他又看着这个与自己相爱相恋的爱人，仿佛看见了年轻时的他们，他用曾经在情书里那般温柔如春风的声音在她耳边轻轻地说："清如，我要去了……"

清如顿时泣不成声。

生豪离开的那一年，他们的爱子，年仅1岁。

生豪离开一年后，清如仍然沉浸在悲伤中，她泪眼婆娑地写道："你的死亡，带走了我的快乐，也带走了我的悲哀。人间哪有比眼睁睁看着自己最亲爱的人由病痛而致绝命时那样更惨痛的事！痛苦撕碎了我的灵魂，煎干了我的眼泪。活着的不再是我自己，只似烧残了的灰烬，枯竭了的古泉，再爆不起火花，漾不起漪涟。"

即便后来摆脱了悲伤，她也一直沉浸在他的世界里。除了抚养孩子和教书的工作，她所有的时间都给了他一生的理想——翻译莎翁。生豪离世时，莎翁的翻译工作并没有全部完成，即便翻译完的那些稿件也未完成勘定工作，清如所做的，就是——将这些稿件定稿。

1948年，由生豪翻译的《莎士比亚戏剧全集》由上海世界书局出版，当即引起文坛震动。戏剧大师曹禺亲笔题词，称赞生豪"正义凛然，贡献巨大"，并认为生豪为译莎剧"功绩奇绝"。著名学者罗新璋亦称："朱生豪译笔流畅，文词华瞻，善于保持原作的神韵，传达莎剧的气派，译著问世以来，一直拥有大量的读者。"

然而，这些都不被生豪所知道了。但他多年前所说的话却一直印在清如心中："要是我死了……不要写在甚么碑板上，请写在你的心上，这里安眠着一个古怪的孤独的孩子。"

第十辑

玲珑骰子安红豆，入骨相思知不知

——闻一多致高孝贞

1946 年 7 月 15 日。

西南联大教职工宿舍门前。

夏日的夕阳即将落下，残红的火烧云在天边久久不肯落下。因为反动派导致的白色恐怖，街道上几乎没有人行走，因此显得格外空荡。微风卷起残破的落叶，与粗糙的地面摩擦出令耳朵极为难受的声音。

忽然，远方的街道上响起了一阵轻微的脚步声，随着脚步声越来越近，一对父子的身影也逐渐挺拔起来，那位父亲向前方看了看，西南联大教职工宿舍已近在咫尺。

然而，就在这时，一阵杂乱的脚步声忽然传来，路边猛然冲出几名特务，端起清一色的美式冲锋枪照着这位父亲便是一顿猛扫，子弹一颗又一颗射入这位父亲的身体中，他的身体猛然倒了下去，就像是一座倾倒的山岳。

站在父亲身边的儿子一惊，这才从惊魂不定中反应过来，急忙扑在父亲的身前，然而那凶手似乎还是不肯罢休，仍然继续扣动着扳机。

随后，这些特务迅速跳上了一辆早已备好的吉普车，急匆匆地离开了。这时，一个女人忽然从西南联大的教职工宿舍里冲了出来，当她看见地上倒着的那对父子的时候，不由得潸然泪下。

这件事便是震惊中国的闻一多之死，而随后出现在闻一多身边的，则是他的妻子高孝贞。

少年壮志当凌云

在湖北黄冈浠水畔有一座小镇。这座小镇群山环抱，风景秀丽，临长江而望巴河，因此得名"巴河镇"。在巴河镇有一户姓闻的书香世家，据传这户人家本来是姓"文"而并非姓"闻"，家族传承源自"宋末三杰"之一的文天祥，因为文天祥抗元身死，这户人家才改姓"闻"，并隐居在此避难。

闻家以"清白乃躬心似水，笔耕世业是家风"为家训，因此这户人家教育出的子弟不仅世代读书，而且朴实纯正，因此十分受当地人敬重。

1899 年 11 月，一个男孩在这户人家降生了，家人按照辈分给小男孩取了名字中的第二个"家"字，然后又给他在"骅骝开道路,鹰隼出风尘"中取了一个"骅"字，组成了他的名字——闻家骅，意为驰骋天地的骏马。

家骅自幼聪明伶俐，不仅喜欢品读中国历代诗集、诗话、史书，而且十分喜欢美术，即便是篆刻，他也有涉猎。小家骅在父母的陪伴下顺利地成长着，在接受了私塾教育之后，十岁时又到武昌就读于两湖师范附属高等小学。

1912年，家骅13岁了，而且在当地已有了不小的才名。这一年，清华留美预备学校开始面向全国招生，考试科目为国文和英语，整个湖北地区只招4名学生。家骅听闻这个消息之后参加了这场考试，家骅在此之前从未接触过英文，因此没有人认为他能考得上，毕竟考试的科目是两门。

发榜成绩下来，家骅的英文果然考了零蛋，但是家骅却让所有人大跌眼镜地考上了。原来家骅小时候常读梁启超的文章，而且颇得其神韵，在考国文的时候，他特意以梁启超的风格写下了一篇《多闻阙疑》，这篇文章文风奇崛，大气瑰丽，得到了主考官的一致赞许，因此家骅被破格录取了。

当时的清华学制为八年，中等科四年，高等科四年，在清华学满八年后由政府出资，全部送到美国留学。

家骅进入清华时取名闻多，因为与英文单词widow（寡妇）谐音，因此同学们就以此为他取了外号，又因为当时家骅的革命主张是废姓，这样一来他的名字闻多便变成了单字"多"。有朋友笑说："连名带姓称呼人不礼貌，你的名只有一个'多'，不如加个'一'字，最简单。"他觉得这个建议非常好，便立即采纳了。从此，他有了一个新的名字——闻一多。

一多在清华时非常好学，成绩十分优异，同时他又喜欢阅读经史子集，因此知识渊博。一多生长在山水环抱的巴河镇，性子既具备巴水的暴烈，但同时亦深藏着一份温柔。对待同学，一多显得格外温和，因此在学校人缘非常好，大家也乐意同他做朋友。

入校第四年，一多的才华日积月累，渐渐展露了出来，他不仅开始在《清华周刊》上发表系列读书笔记，而且成为该报的编辑并成为编辑部的负责人。

1919 年，"五四运动"爆发，关注时事的一多立即投身革命运动，他不仅亲手写下岳飞的《满江红》贴在学校食堂的墙上，而且带领着同学到各处发传单、演讲，向民众陈述当时中国的状况，激起大众的爱国心。不久之后，他作为清华学生代表，赴上海参加全国学生联合会成立大会。

1920 年 4 月，一多发表了自己的第一篇白话文《旅客式的学生》。这年 8 月，他又发表第一首新诗《西岸》。这两篇作品，都获得编辑们的好评。

第二年年末，一多与梁实秋等人在清华发起成立清华文学社，并开始致力于新诗的研究。

清华学制本为八年，但一多却在清华待了十年，因为他曾两次留级。第一次留级是因为一多的英文成绩实在太差，不得不留级一年补上。第二次留级则是因为闹学潮。梁实秋的同班好友也曾因为闹学潮而留级一年，于是便笑着说："九年清华，三赶校长"。梁实秋将这事讲给一多听，一多听闻之后亦回笑道："那算什么？我在清华前后各留一年，一共十年。"

对于那个时候的一多来说，清华对他乃至他们那一代人都有着莫大的吸引力，每个人都恨不得能在清华多待一些时间。

高家有女初长成

1922 年，一多即将从清华毕业了，但就在这个时候，他却收到了家中催促他回去结婚的信件。事实上，他已经不是第一次收到这样的信件了，只不过之前他是能搪塞就搪塞过去，但是这一次，家里很明显是希望他在出国留学前把婚结了。

这件事的起因还得从一多考上清华之后说起。

一多考上清华的消息自然引得巴河当地震动，很多人都纷纷到闻家拜访，其中便有一位姓高的姨表亲。在与一多的家人寒暄完之后，他便提议将自己的女儿嫁给一多。闻高两家本就是世交，又门当户对，结为亲家之后更是亲上加亲，因此一多的父母便将这桩婚事答应了下来。

一多的未婚妻名叫高孝贞，1903 年出生于湖北黄冈。高家在黄冈地区亦是大族，在明代时高家祖先曾立有战功，得到过皇帝的召见和奖赏。孝贞的父亲高承烈毕业于京师法政学堂，后来亦曾在广东、绥远、安徽等地担任重要职位，他为官清正廉明，办案时别人送来的金首饰和衣料等，他都退了回去，只留下万民伞。

高承烈走南闯北，见识广博，思想开明，因此他不仅不要求女儿禁足，反而将女儿送到了学堂，让她读书识字。

一多经历了"五四运动"的洗礼，崇尚自由恋爱，因此十分讨厌包办婚姻。对于家中给自己定下的这桩包办婚姻，一多自是十分讨厌的。他曾在《评本学年〈周刊〉里的新诗》一文中写道："严格说来，只有男女间恋爱的情感，是最热烈的情感，所以是最高、最真的情感。"

眼见儿子不愿回来结婚，这可将一多的父亲急坏了，他觉得现在儿子就不愿意结婚，只怕留洋回来会更加抵触这桩婚事，因此他连忙安排当时正在清华读书的闻亦传来劝导自己堂弟。最后，一多实在拗不过父亲，在答应父亲的同时亦提出了三个要求：第一，不祭祖；第二，不行跪拜礼，不叩头；第三，不闹新房。

对此，闻家做出了妥协："三条全可以答应。你不祭祖，我们祭；跪拜礼可以不行，改为鞠躬；对新娘要闹一下，但不过火。"

婚礼举行当天，整个闻家都显得十分热闹。红菱铺展，张灯结彩，敲锣声、打鼓声一直没停，鞭炮声、爆竹声也一直没断。闻家的所有人都非常高兴，但身为新郎的闻一多却是个例外。本应该最忙的他此时却躲进了书房，借读书来躲避这一切。

直到新娘的轿子到了闻家，闻家人这才生拉硬拽地给一多洗了澡，剪了头发，换上了新衣服，然后又七手八脚地拽着他完成了整个婚礼。

婚礼完毕之后，婚房中红烛摇曳，出现在一多面前的孝贞显得安静而温婉，但是却没有旧式女子的那种迂腐。

闻一多忽然想起很多年前见过孝贞一面，那时的她年纪尚小，而自己又常常去高家玩，因此和她有过一面之缘。但一多显然是没有孝贞记得清楚，直到很多年后，儿子闻铭问起母亲当年和父亲第一次相见父亲穿的是什么时，孝贞都会说："棉袍马褂，戴一顶瓜皮帽。"然后又跟着补充一句，"后来结婚时，你爸还和我开玩笑：'你那时为什么事要跑走啊？'"

婚后，一多再次回到了清华。他将心中的叛逆发泄够了，又在新婚之夜与自己的这位妻子有了一番交流之后，心也平和了一些。但是他对于女子不读书却是不能容忍的，在返校途经武昌时，他连忙写信寄给了父母："我此次归娶，纯以恐为两大人增忧。我自揣此举，诚为一大牺牲。然为我大人牺牲，是我应当并且心愿的。如今我所敢求于两大人者，只此让我妇早归求学一事耳！大人爱子心切，当不致藐视此请也……如两大人必固执俗见，我敢冒不孝之名，谓两大人为麻木不仁也。"

这封信措辞显得十分激烈，一多甚至说假如父母不让孝贞读书便要说父母"麻木不仁"，对于一向十分孝顺的一多来说，这样的言辞已显示出了他对孝贞读书的重视。

不久，一多的父母答应了他的恳求，将孝贞送入了武昌女子职业学校。

1922 年 7 月，一多赴美留学。

在众多留学生中，梁思成和杨廷宝的美术功底是比较好的，可梁思成和杨廷宝觉得美术不实用，选择了建筑系。而一多则选择了美国最好的美术学院——芝加哥美术学院西洋美术专业。

当时在美术学院只有一多一个中国学生，因此一多时常感到无聊。后来在科罗拉多大学读书的梁思成给一多寄来了 12 张当地的照片，结果没两天一多就转学到了科罗拉多大学。

在努力学习美术的同时，一多还在文学上投入了很多精力，并不断有作品发表。

1923 年 9 月，一多出版了自己的第一部诗集《红烛》，这本诗集改变了千百年来大多数诗写静景的状态，号称"流动的诗集"，并奠定了一多的诗歌艺术生涯。

在美国的一多并未忘记远在祖国的妻子，他常常给妻子写信，并在一封家信中，以美国著名女诗人海德夫人为例，说明："女人并不是不能造大学问、大本事，我们美术学院的教员多半是女人。女人并不弱似男人。外国女人是这样，中国女人何尝不是这样呢？"

在日渐频繁的通信中，一多发现自己原来已经渐渐爱上这个包办婚姻的妻子了。

1923 年底，身在美国的一多忽然收到了家里的来信，并得知自己的第一个孩子即将降生，欣喜之下，他在五天之内一连写了 42 首名为《红豆》的诗。

红豆似的相思啊！

一粒粒的

坠进生命底磁坛里了……

听他跳激底音声，

这般凄楚！

这般清切！

这首是《红豆》的第一首，不仅情真意切，感人肺腑，似乎每一句呼唤，都饱含着一多对远方妻子的思念。

战火纷飞里的爱情

1925 年，一多启程回国。

一多站在回国的船甲板上，咸涩的海风吹拂着他年轻的面庞，湛蓝而广阔的大海中时常有白色的鱼儿跃起，阳光洒在不断起伏的海面，像是染上了一层金色的波光。高空中，纯白的海鸥在迎风飞翔，自由而快乐。

当祖国的陆地出现在一多的眼帘中时，他欢呼雀跃地脱掉了自己身上的西服，并一把将它甩到了海中，从此再也没有穿过西服。他在心中默默呐喊："祖国，我回来了；孝贞，我回来了。"

回国后，一多被邀请到北京艺术专科学校任教，并发起创立了中国第一个戏剧系。在北京安定下来之后的第二年，一多便将孝贞和孩子从湖北接到了北京。一家人团聚，幸福洋溢在夫妻二人的心间。

适时，一多的居所距离学校不远，在学校教书的同事以及北京一些写新诗的作者便常常在这里聚会，每次他们来的时候就由一多负责接待，而孝贞则准备一些酒菜。当他们谈到文坛上的掌故时，屋子里偶尔会爆发出一阵欢快的笑声。徐志摩曾经笑称这里是"一群新诗人的乐窝"。

在北京艺术专科学校待了一段时间之后，因为时局和人事变动的关系，一多回到了老家浠水。之后一多又曾在武汉大学、国立山东大学等学校任教。1930 年，一多又被邀往至青岛大学担任文学院院长兼中文系主任，而妻子则留在了浠水。

当时青岛大学中文系有一位叫方令孺的女老师，不仅出身书香门第，而且曾在华盛顿大学、威斯康星大学等高校学习。她写得一手好诗，而且常常向一多请教。或许是因为长时间的交流相处撩动了一多那颗寂寞的心，他在徐志摩主办的《诗刊》上发表了一首名为《奇迹》的长诗。

"我要的本不是火齐的红，或半夜里桃花潭水的黑，也不是琵琶的幽怨，蔷薇的香……我要的本不是这些，而是这些的结晶，比这一切更神奇得万倍的一个奇迹！"

这首诗晦涩难懂，就连一向心思细腻的徐志摩也难以猜测出来一多想要表达的究竟是什么意思。他们又哪里会知道一多所说的"奇迹"便是他和方令孺之间那难以捉摸的好感呢？

好在一多是一个守得住本心的人，这朦朦胧胧的好感并未让一多误入歧途。不久之后，他将孝贞和孩子接到了青岛，那段朦胧的情感也就落下帷幕了。

1932 年 8 月，一多应清华大学之邀，来到北平任教，孝贞和孩子们也陪在他身边，一家人在这里过着平淡却无比快乐的日子。但是这样平静的日子只过了五年，便被纷飞的战火打破了。

1937 年 7 月 7 日，"卢沟桥事变"震惊全国，北平也顿时成了战场第一线。早在六月，孝贞就已经带着两个儿子回到浠水，但是让她担心的是一多和三个女儿却还留在北京。因为情况紧急，孝贞一连写了数封信催促一多赶快回乡。

其实一多又如何不想赶快回乡见到妻儿呢？只是此时从北平到武汉的铁路早已中断，一多只得待在寓所里焦急地等待局势的变化。为了安抚妻子，他连忙在 7 月 16 日写了一封信安慰远方的妻子。

亲爱的妻：

这时他们都出去了，我一人在屋里，静极了，静极了，我在想你，我亲爱的妻。我不晓得我是这样无用的人，你一去了，我就如同落了魂一样。我什么也不能做。前回我骂一个学生为恋爱问题读书不努力，今天才知道我自己也一样。这几天忧国忧家，然而最不快的，是你不在我身边。亲爱的，我不怕死，只要我俩死在一起……

有人说，写文章到了性命相见的地步便是好文章了，此时的一多，又何尝不是在性命相见的边缘。正因如此，一多写的这封信才能如此情真意切。

这封信发出不久之后，情况突然发生了变化，一多得以带着三个孩子从天津取道浦口回乡。直到这时，一家人才在浠水相聚了。

为了保存民族教育的精华，清华、北大、南开等各大高校纷纷南迁，组成了长沙临时大学。不久，战况恶化，这些高校再次南迁，在云南昆明组成了西南联大。一多在家中待了一段时间之后亦在此任教。

有一回放假，一多途经武昌回到家乡探亲，老友顾毓琇前来拜访。顾毓琇时任教育部政务次长，他很清楚闻一多的才华，于是便邀请一多同他一起到国民政府做官，但是一多志在教书育人，生平不喜做官，于是婉言谢绝了。

不料孝贞在知道这个消息之后非常生气。她认为这是一个很好的机会，当时中国风雨飘摇，烽烟四起，谁都不知道日本人会什么时候打到武汉，如果战事一旦发生，孝贞又如何一个人带着几个孩子逃难？只要一多同意做官，他就可以留在武汉，一家人也可以待在一起。她多次劝说一多回心转意，但没想到一多这次却如同一头倔牛，不论孝贞怎么劝，他都不答应。见到一多的反应，孝贞越来越生气，到最后竟然和一多冷战了起来，甚至在一多离家去学校工作的时候，孝贞都没有送他。

　　一多到了学校之后，孝贞竟然一个多月都没给他写信。一多思前想后，最终还是写了一封信给孝贞，向她解释自己这样做的苦衷。

　　贞：

　　……这里清华北大南开三个学校的教职员，不下数百人，谁不抛开妻子跟着学校跑？连以前打算离校，或已经离校了的，现在也回来一齐去了。你或者怪了我没有就汉口的事，但是我一生不愿做官，也实在不是做官的人，你不应勉强一个人做他不能做不愿做的事……

多

1938 年 2 月 15 日

　　孝贞自然是心疼一多的，他一个人在外面奔波，现在又写了这封信解释，她很快便心软了。不仅如此，她还立马给一多回了信。

　　1937 年 11 月 12 日，上海沦陷，一个月不到，日军又攻陷了南京，直逼武汉。浠水在武汉之东，日军一旦进犯武汉，浠水为必经之路！

适时日军之残暴早已全国知晓，毫无人性的烧杀抢掠使人闻之色变。身在昆明的一多眼见武汉即将沦陷，不由得为妻儿担心起来，他写信给妻子说："我一生未做亏心事，并且说起来还算得一个厚道人，天会保佑你们！"

似乎正如一多所说，冥冥之中自有天意。适时西南联大邀请一多的弟弟闻家驷前来任教，在弟弟的帮助下，孝贞和几个孩子也得以同行。

孝贞和几个孩子顺利到达贵阳之后，一多欣喜之下连忙写了一封信托朋友带给她们：

"……这些时一想到你们，就心惊肉跳，现在总算离开了危险地带，我心里稍安一点。但一想到你们在路上受苦，我就心痛。想来想去，真对不住你，向来没有同你出过远门，这回又给我逃脱了，如何叫你不恨我？过去的事无法挽救，从今以后，我一定要专心侍奉你，做你的奴仆。只要你不气我，我什么事都愿替你做，好不好？"

不久之后，孝贞和孩子们终于来到了一多身边。

当时由于战乱，国家经济凋敝，物价飞涨，西南联大的教授大多经济拮据、穷困潦倒，一多和孝贞带着几个孩子，生活得更是辛苦。但即便是在这种情况下，一多一家人也过得非常幸福。

每次一多从学校回来，孩子们就会围在父亲身边玩耍，一多也乐于给孩子们讲故事。当粮食短缺的时候，一多就会带着孩子们到小溪里摸些小鱼小虾，以补充食物。后来经济更加困难，一多便决定戒掉多年养成的抽烟习惯，虽然最后未能成功，但是却将烟降低了一个档次。每次出门，孝贞都会去帮他买一些相对较好的烟叶，在经过自己亲手做成烟丝之后，这才给他。一多每次和朋友聚会时，都会指着烟斗里的烟说："这是孝贞做的。"

后来在别人的建议下，一多开始帮别人刻印章来补贴家用，一多学过美术，篆刻功底也非常好，自古以来，中国的文人都以有一枚好的印章为荣。因此一多家中的经济状况也得到了改善。

1945 年，八年艰苦卓绝的抗日战争终于结束了，就在大家以为光明即将到来的时候，反动派控制了云南，并在昆明掀起了白色恐怖，对要求民主的进步人士极力迫害。

西南联大的学生在的时候，反动派因为害怕舆论，还不敢太猖狂，但是 1946 年 7 月 11 日，当最后一批联大学生离开西南联大后，特务们立即张开了血色獠牙，当晚就将一多的好友，民盟负责人李公朴残忍杀害。

一多听闻消息，连忙赶至医院，当他看到李公朴冰冷的身体时，不由抚尸痛哭："公朴先生为民主牺牲，我们还活着，我们要是不站出来，何以慰死者？为了民主，死又有什么可怕！此仇必报！此仇必报！"

李公朴遇害后，有人向一多透露，他就是暗杀名单上排名第二的人。那段时间还经常有陌生人到联大打听一多的消息，并且给他寄来了带有子弹头的威胁信，甚至有人扬言要用四十万买一多的人头……

一多的朋友见到这种情况，纷纷劝一多离开昆明，而美国加州大学此时也发函邀请一多前去美国讲学，但是一多都婉拒了。

李公朴的追悼会是在西南联大的至公堂召开的，当时李公朴治丧委员会的成员们考虑到一多的危险处境，本来是没有安排一多出席的，但一多却否决了治丧委员会的决定，毅然参加了追悼会。

到了追悼会那天，人们都悲伤地默不作声。但是没想到会场却混进了特务，李公朴先生的妻子讲话的时候，他们甚至放肆地说说笑笑。

等到李公朴先生的妻子一讲完，一多便怒不可遏地上了台，声色俱厉地发表了"最后一次演讲"，不仅痛批反动派，而且表明自己"前脚跨出大门，后脚就不准备再回来"，相信"一个人倒下去"，就会有"千万人站起来"。

演讲结束后，大家担心一多遇害，纷纷围在他身边，等到将他送回家中，这才在一多的劝解下离开。回到家中之后不久，一多又要前往民主周刊社参加记者招待会。

孝贞担心地让他不要去，但是一多坚定地拒绝了，孝贞只得让儿子闻立鹤在招待会后去接他。

记者招待会上一多痛批特务残忍杀害李公朴的行径，并且大骂国民政府。招待会后，他与前来接他的儿子相见，二人一起回家，没想到就在这条距离自己家不过短短几分钟的路上，一多被特务乱枪射死。

孝贞听到消息之后赶忙从屋子里冲出来，当她看到倒在地上的一多的时候，瞬间想到了"死亡"两个字，可是想要为一多报仇的欲望却将这两字强行压了下去。

一多遇害之后，孝贞化名为高真，冒着生命危险带着儿女由"国统区"逃到了"解放区"，并为解放作着自己的贡献。

1983 年，孝贞病逝，并与一多一起葬在了八宝山公墓。

第十一辑

瘦影自怜秋水照，卿须怜我我怜卿

——萧红致萧军

1931 年 10 月。

哈尔滨呼兰。

此时虽然只是 10 月份，可在东北却显得格外寒冷。凄厉的北风在这大地上呼啸，如同一把把无形的利刃，要将这人间众生切碎！雪，已经下了好几天，整个世界也早已被裹成了冰霜的国度，但这雪却丝毫没有要停下来的意思……

在这大地上，一座小城迎着风雪矗立，如同一只匍匐在大地上的巨兽，毫不动摇。

一个黑点忽然出现在这雪白的天地之中，若是不仔细看，绝没人会认出那是一个女人—— 一个俏丽的女人。

她从那巨兽的身体中钻出，偶尔还回头看一看身后的那座小城，但这回头绝不是留恋，因为她的步伐是那样迅速，就像是刚刚从监狱之中越狱而出的逃犯，生怕身后的警察追上来。

一旦她再次被抓回去，她这一生，便完了。

未来，这个女人身上将被插上很多标签："民国四大才女"之一、"30 年代文学洛神"、"20 世纪中国最优秀的女作家之一"、"唯一能和张爱玲比肩的人"。然而人们更常说的一句话是："她从来都不肯向命运低头。"

　　她叫萧红。

孤独童年，慈祥祖父

　　萧红原名张秀环，乳名荣华，意为给张家带来荣华富贵。1911 年 6 月，她出生在黑龙江呼兰县。张家在当地是知名的世家大族，张家祖先张岱于乾隆年间携夫人章太君闯关东，从山东出发，最终定居东北，其后代在呼兰、绥化等地开枝散叶，这才形成了庞大的家族。

　　张家第四代张维岳将自己的第三个儿子张廷举过继给了自己的堂兄张维祯。张廷举是秀环的父亲，而张维祯则是萧红笔下常常提到的那个祖父。在萧红的眼中，祖父身材高大，精神矍铄，手中总是拿着一根手杖，而嘴里则不住地抽着旱烟，但是祖父的性情很温和。

　　萧红的父亲张廷举早年毕业于黑龙江省立优级师范学堂，因为长期担任官吏，因此具有浓厚的封建统治阶级思想。萧红的生母姜玉兰是当地一个地主人家的女儿，十分重男轻女，萧红小时候就不受她喜欢，因此萧红并未从生母那里得到多少母爱，而父亲又长期在外为官，聚少离多，得到父亲的关怀就更不可能了。

萧红 6 岁那年，生母带着她回娘家串门，恰逢萧红的二姨姜玉环在家。二姨向萧红问道："你叫什么名字呀？"萧红睁着一双清澈的大眼睛回答："张秀环。"二姨一听，脸上顿时有些不悦，向姐姐姜玉兰说道："怎么也有个环，这不是和我重名吗？"萧红的母亲姜玉兰想了想，然后对一旁的父亲说道："那便请父亲给改个名字吧！"

　　萧红的外祖父姜文选是个很有才华的人，曾经两次参加科考，在当地十分有名，人们都叫他姜大先生。萧红的外祖父想了很久之后，给萧红取了个"张酒莹"的名字。这个名字伴随了萧红的整个求学年代。

　　萧红 8 岁的时候，生母因病去世了，而父亲则又续弦娶了呼兰镇上一家大户人家的女儿梁亚兰。萧红和生母的关系本就淡薄，又何谈与继母的关系。梁亚兰虽未打过萧红姐弟一次，但是却经常骂她，而且常常指着她怒骂。她每次对萧红有什么不满都会告诉萧红的父亲，萧红的父亲十分暴戾，每次遇到这样的事情动辄对萧红大加训斥，有时候萧红哪怕只是打碎了一只杯子，他都会将萧红骂到发抖。

　　1920 年，萧红进入呼兰小学女生部之后，她便不在家里住了，她搬到了祖父那里，每天像个小尾巴跟在祖父身后。萧红的祖母去世之后，祖父一直离群索居，孤独与寂寞像是两根无形的绳索，将这位老人紧紧捆绑，而萧红的到来，如冬日的暖阳，如山间的清风，让这个老人的生命一下子活泼了起来，而萧红也在祖父这里得到了前所未有的关怀。

　　祖父家有一个大大的后花园，里面种着黄瓜、茄子、西红柿这些蔬果，每到春夏之交，藤蔓便如同调皮的孩子，在这后花园中疯长着，翠绿翠绿地爬满了整个庭院。蝴蝶与蜻蜓也赶来凑热闹，时而落在花上，时而暂栖枝头，时而又在这绿意盎然的庭院中交错飞舞，蚂蚱和螳螂也在庭院中欢快地跳着。

祖父拄着一根油光的拐杖，嘴里叼着烟斗，在这庭院中散步，萧红就蹦蹦跳跳地跟在祖父身后。有时候祖父教她读书念诗，祖父读一句，她就跟在后面学一句。

适时时光正好，忧愁不染岁月。小小的萧红就在这样自由的环境里长大，世事纷乱、人间冷漠全与她无关。

然而这样的日子持续得并不长久，萧红很快与父亲暴发了第一次争执。

萧红读小学时，正逢"五卅运动"兴起，萧红表现得十分积极，不仅参演话剧，而且还剪了辫子，甚至还亲自到别人不敢去的权贵家中募捐。这样的行为，自然与张廷举想要培养出的大家闺秀相差太远，张廷举对她的行为感到十分愤怒，认为她丢了张家的脸面，因此在萧红小学毕业之后竟拒绝让她去哈尔滨读书。

但是张廷举绝没料到自己女儿的性格是如此决绝与暴烈，在知晓自己的意图后竟然以不让她上学就去当修女来威胁他。虽然张廷举气得发抖，可这件事闹得满城风雨，最后他不得不妥协了。

这是萧红第一次反抗自己的父亲。

这一年，萧红 16 岁。

初恋

　　1927年8月，与家人"斗争"得到胜利的萧红来到了哈尔滨东省特区区立第一女子中学读书。当时"五四运动"之后兴起的新思朝早已席卷全国，年轻的萧红在学校里自然也受到了影响。"民主"、"科学"、"自由"、"平等"，这些新思想开始在萧红的心中生根发芽，她对清朝覆灭过后残存的封建思想越发不满。她不仅大量阅读宣传新思想的作品，而且还迷上了新文学。她的诗歌散文常常会被发表在学校的校报上，作品中充满了对时事的关注。萧红的语文老师十分崇拜鲁迅，常常在课堂上介绍鲁迅的作品，因此在萧红的心中留下了深刻的印象。

　　就在萧红在中学里努力汲取精神的食粮时，萧红再一次来到了命运的拐点。

　　1928年寒假，在萧红父亲的支持下，六叔亲自为萧红保媒，将萧红许配给了哈尔滨郊外顾乡屯的汪恩甲，两家定下了婚约。汪家在当地是名门大户，家境殷实，名声显赫。汪恩甲的父亲是地方军队的一个高级将领，手握大权，人人敬畏。

　　而萧红的未婚夫汪恩甲身材挺拔，外形俊逸，算得上仪表堂堂。而且他曾受过良好的新式教育，又在滨江区三育小学做代课教员，谈吐之间，颇为不凡。

　　当时萧红年纪还小，对于家中的这个安排并没有太抵触，她甚至和汪恩甲还有过一个很好的开始。尽管当时第一女中的管理十分严格，但汪恩甲还是经常过来看她。而萧红在天冷的时候，也曾为汪恩甲织过毛衣。

后来，汪恩甲的父亲在齐齐哈尔被日伪密探暗害，萧红随同继母去顾乡屯参加了汪父的葬礼，在这场葬礼上，萧红这位未过门的儿媳竟然为汪父戴了"重孝"，因此广受乡邻好评。

萧红和汪恩甲的甜蜜关系并没有持续多久。汪恩甲虽然受过新式教育，但毕竟是大家族子弟，很快，他便染上了抽大烟的恶习。而萧红曾不止一次地在同学面前提过，自己最讨厌的便是烟鬼，两个人的关系也因此急剧转变。

但此时萧红却顾不上汪恩甲了，因为祖父越来越老了，身体也越来越虚弱了，一连病了好几次。1929年3月的某一天，萧红特意从学校回到了家中看望祖父，没想到一进屋，弟弟就一边流泪一边用袖口擦拭着眼角，两片惨白的嘴唇颤抖着对她说："爷爷不行了，不知早晚……前些日子好险没跌……跌死。"

萧红一听，连忙扔下了手里的行李急忙跑进了祖父的房间。祖父还在床上躺着，白花花的胡子还是萧红小时候看到的样子，那根油光的拐杖还放在边上，只是祖父的脸庞毫无血色。

萧红安静地守在祖父的身边，就像是她当年跟在祖父身后一样。她忽然想起了有一次继母骂她的时候，祖父帮她解围对她说："到院子里去玩儿吧。"说完之后，祖父又轻轻敲了敲她的头说："看，这是什么?"然后一个橘子就落在萧红的手中。

萧红在这次看望完祖父后就回到了学校，可是再次回来的时候，得到的却是祖父去世的消息。

她还没回到家中，便远远看到了家中升起的白幡，惨白得一如冬日里的大雪，唢呐声和敲锣声在大地上回荡，整个庭院里人声鼎沸，十分杂乱。

萧红从门外走到屋里，一下子扑到了祖父旁边，泪如雨下。

祖父离世之后，萧红带着悲痛回到了学校读书，到1930年，萧红即将初中毕业。这个时候，她再一次和父亲起了冲突。

在那样一个刚刚推翻封建王朝不久的时代，女子读书到初中是十分少见的。萧红这时已经19岁了，而当时到这个年纪的女孩子大多已经出嫁，萧红又和汪恩甲已经定下了婚约，于是张家和汪家便约定在萧红毕业之后就安排她和汪恩甲结婚。

萧红对于结婚自是不愿的，她要求父亲张廷举为她退婚，而张廷举自然也不会同意这个要求，不仅如此，他甚至还安排两人加快完婚。因此，父女俩的关系一下便坠入了冰点。

祖父去世之后，这个家庭对萧红来说已没有了一丝温情，而现在，他们却还要逼迫自己去做自己不愿做的事，萧红渐渐对这个家厌恶起来，她的心中忽然浮出了逃离的想法……那是一个流行娜拉式出走的年代，萧红的这个想法一旦浮出水面便再也沉不下去了，而萧红在女中的好朋友，也十分支持萧红的想法。

那时，学生们最向往的便是思想最活跃的北平，萧红亦不例外。而且当时萧红有个名叫陆振舜的表兄在北平读书，他在学生运动中相当活跃，也支持萧红去北平求学。

在快要结婚前与已经结婚的表兄来往甚密，整个张家都对萧红表现出了极大的不满。听到风声的汪家更是传话到张家质询。萧红的继母将这件事说给萧红的大舅听，他竟直接放话："要打断这个小孽种的腿！"但是当萧红从厨房中抄出一把菜刀的时候，他却又逃走了。

萧红还在与家中僵持着，虽然她极想去北平，可是却不得不考虑一个问题——去北平是要花钱的。

萧红在女中读书时虽然每个月都有生活费，但是假如想要成行，费用肯定远远不够。萧红无奈之下便想出了一个办法，她假装同意结婚，从家里骗取了一笔嫁妆后，在一家店里做了一件新大衣，她踏上了南下的列车。

萧红的逃离在呼兰这个小城引起了轩然大波，有一段时间，几乎全城的人都在谈论张家这个叛逆的女儿，张家因此脸面尽失。萧红的父亲不仅大骂她"不肖、叛逆"，甚至还宣布开除她的族籍。

但这一切都不是萧红所关心的了，此时的她正坐在列车上，想象着今后的幸福生活。萧红到北平后，表兄安排她与自己在寓所同居了下来。他还帮她联系到了女师大附中，得以让她到那里上学，他自己则在中国大学读书。

那段生活平静而安宁，萧红享受着美好的读书生活。然而好景不长，萧红带来的钱很快便花完了，而表兄受到陆家施压，经济也很快出现了状况。冬天的时候，北平显得格外寒冷，就是在那样的日子里，萧红常常穿着一件单衣到教室上课，有时候她甚至被冻得瑟瑟发抖。那一年年末的时候，陆振舜收到了家中的来信，催促他们赶快回东北，否则就断掉他们的经济来源。

无奈之下，萧红不得不回到了东北。这时的萧红早已对表兄失望透顶，汪恩甲听到了消息赶来与萧红见面。失望下的萧红同意了与汪恩甲结婚，而汪恩甲亦同意与她一起到北平求学，并将她安排在了一家名为大东顺的旅馆里。

汪恩甲赶来见萧红的消息很快便被汪恩甲的哥哥汪大澄知道了，他不仅断了汪恩甲的经济来源，而且还趁汪恩甲回家取钱时将汪恩甲扣下了。萧红听到消息后前往汪家寻找汪恩甲，却被汪家人骂了出来，不仅如此，汪大澄甚至称要弟弟和她解除婚约。

萧红性子十分倔强，自己刚刚同意和汪恩甲结婚，汪家人就宣布和自己解除婚姻，这不是赤裸裸的羞辱吗？萧红一怒之下，一纸诉状将汪大澄告上法庭，控告汪大澄代弟休妻。而张廷举亦不得不为了张家的面子出席了这场官司，没想到官司打到最后，汪恩甲怕哥哥蒙受法律处罚，竟然承认是自己要解除婚约。

官司以这样一种尴尬的结局落幕，张家颜面尽失，而萧红在对汪恩甲失望的同时亦觉得没有颜面回家，再一次重返北平。但是不久之后因为经济原因她不得不回到了家中。

此时的萧红，再一次成了呼兰的笑话，左邻右舍，还有亲朋莫不对她投以冷眼，甚至连整个张家都成了呼兰的笑话。

回到家中之后，她父亲为了防止她再次出走，举家迁到了阿城福昌号屯乡下，并且只允许萧红在家中庭院里活动，萧红每天还受家里人监视。

萧红感觉自己像是一只被囚禁的鸟儿，再也得不到自由的天空。她在这里居住了七八个月，在这期间，她无时无刻不想着逃跑。当时张家有一个嫁过来不久的小姑，她与萧红的年岁差不多大，平时和萧红也很谈得来，她十分同情萧红。

156

那一年 10 月，在小姑的帮助下，萧红得以藏在一辆送白菜的大车里逃离了牢笼。

这一年，萧红 20 岁。

萧军

从家里逃出来之后，萧红来到了哈尔为滨。

十月的哈尔滨已经十分寒冷了，雪一连下了好几天，整座城市都陷落在一片纯白之中。无依无靠的萧红不得不到亲戚家求助，可是却没有人愿意给她帮助。

在这孤寂的城市里，萧红穿着单薄的衣裳，脚上穿着的仍是夏天的凉鞋，她每走一步，在雪地上就会留下一个深深的脚印，一如她印在这苦难岁月的痕迹……

在这样的境况下，汪恩甲再一次和萧红重逢了。汪恩甲将她安排在了东兴顺旅馆，两个人就这样在旅馆住了下来。此时的萧红，对于读书已经没有什么奢望，连带着对生活也没有什么希望了。她甚至还染上了抽鸦片的恶习，每天和汪恩甲一起沉沦着。

他们在旅店住了大半年，萧红怀上了汪恩甲的孩子，而他们也欠下了旅店老板高达 600 元的债务。萧红和汪恩甲的住处，由旅店原来的正规房间被老板换成了一间杂物间。这间屋子不仅昏暗，而且十分潮湿，甚至还经常有老鼠、蟑螂爬来爬去。

对于这 600 元的债务，没有收入来源的二人自是无力偿还的，在这种情况下，汪恩甲决定回家取钱。但是萧红怎么也没有料到，汪恩甲竟然一去不返，只留下挺着大肚子的萧红孤零零一个人在这旅店里。

接下来的日子萧红过得更苦了，每天她都得在饥饿中度过，每一秒，每一天都是如此漫长。旅店老板早就看出萧红根本无法偿还债务，将她扣留了下来，并宣称要将她卖到妓院抵债。

走投无路的萧红只好给《国际协报》写信，称自己是一个流亡学生，现在被扣在了旅店，旅店老板即将"卖人"。

萧红此前在旅店的时候曾以"悄吟"这个笔名给《国际协报》投过稿，虽然这篇稿件最终没有发表，但是萧红的文字却让《国际协报》的编辑们记忆深刻。他们看到萧红的来信后，心不由得被紧紧揪住了，一个正怀胎的弱女子，在乱世之中被旅店扣下，这样的境遇编辑们十分同情。然而，高达 600 元的巨款，却让编辑们有心无力。即便如此，大家还是努力地讨论着如何营救萧红。

在这些人中，有一个男人说："我是一个一无所有的人。我只有头上几个月未剪的头发是富裕的。如果能够换钱，我可以连根拔下来，毫不吝惜地卖掉它！也来帮助她。"

这个男人，就是萧军。

萧军本名刘鸿霖，1907 年出生于今东北西部山区的一个小山村里，这时的他还在用"三郎"这个笔名给《国际协报》写一些东西聊以度日。1925 年萧军曾在东北入伍，在接受了军队的基本训练之后回归了普通人的生活，"九一八"事变之后，抗日便成为他的愿望。

这次讨论过后，《国际协报》副刊编辑裴馨园派人去查看了萧红的情况，在亮明了记者的身份后，他们又警告了旅店老板一番。萧红的处境这才安全下来。然而大家此时却依旧没有解救萧红的办法。

又过了没几天，裴馨园写了一封安慰萧红说大家正在想办法救她出去的信，并带了几本刊物，托萧军带过去。

1932 年 7 月 12 日的黄昏显得格外美丽。萧军本来只是打算将裴馨园托付给他的信带给萧红就走的，可是当他看到萧红的时候，却改变了心中的想法，他决定不顾一切地去救她。

那天下午，萧红站在光线昏暗的旅馆中，昏黄的夕阳穿过她凌乱的发丝，在地上留下一道浅浅的影，她衣衫褴褛，脸色因长期的饥饿而显得有些枯黄，可是那眼角眉梢的忧伤却像一颗温柔的子弹，一下子便击中了萧军的心房。

而站在萧红眼前的萧军，虽然并不是很高，穿着十分破旧，就连头发也乱糟糟的，可是两道锋锐的剑眉，却让他整个人都有了一股凌厉的气势。

萧红读过萧军写的东西，两人就这样很自然地攀谈了起来。谈各自的往事，谈起了文学。当萧军看到萧红随手写的扔在床上的一首小诗时，萧军被震动了。

这边树叶绿了。

那边清溪唱着：

——姑娘啊！

春天到了。

去年在北平，

正是吃着青杏的时候；

今年我的命运，

比青杏还酸！

……

　　这样饱含灵气的文字，这样心酸的话语，萧军从未见过，他在内心轻叹："在我面前的只剩有一颗晶明的、美丽的、可爱的、闪光的灵魂！"

　　当萧红向萧军述说自己这些年来抗争的辛苦、出走的决绝和在冰天雪地里的落魄绝望时。萧军，这个豪气满怀，疾恶如仇的男人不由得对萧红产生了深深的同情。他也开始向萧红诉说自己参军时的热血，"九一八"事变之后自己热切想要抗日的愿望和希望落空之后的落寞。

　　在这纷扰的乱世里，两个沉沦的人、两颗孤单的心很快便紧紧地靠在了一起。

　　常言道："天无绝人之路。"这句话用在萧红这个充满苦难的女人身上再适合不过。就在萧红被扣留在旅馆的这段时间里，哈尔滨一连下了27天大雨，整个城市沦为泽国。适时，又恰逢松花江堤决口，洪水汹涌而来……萧军趁机将萧红救出，到裴馨园家暂住。

　　两个人虽然在一起，但是婚礼对那时的他们来说实在是一件奢侈的事情。萧军也只能为她写下三首诗作为定情之物。

　　其一：浪儿无国亦无家，只是江头暂寄槎。结得鸳鸯眠便好，何关梦里路天涯。

其二：浪抛红豆结相思，结得相思恨已迟。一样秋花经苦雨，朝来犹傍并头枝。

其三：凉月西风漠漠天，寸心如雾亦如烟。夜阑露点栏干湿，一是双双俏倚肩。

没有婚纱，没有钻戒，甚至连一处栖身的地方都没有，但是有萧军，有这三首诗，萧红便已觉得足够。

不久之后，萧红分娩，被送进了医院。可是他们身无分文，常常受到医生和护士的冷眼，而萧军则常常为了萧红和那些医生起争执。生下孩子后的萧红极为虚弱，而因为对汪恩甲的恨，她在生下那个孩子后整整六天都没有去瞧她一眼。那个时候的她，心里是那样矛盾。汪恩甲，她恨；这个孩子是汪恩甲的骨肉，她也恨。可是这个孩子也是她自己的骨肉，她不敢看，她怕一看自己就会忍不住心生愧疚，担起抚养这个女儿的责任。最终，这个女儿被送人了。

出院后的萧红和萧军依旧住在裴馨园家，裴馨园的妻子和母亲便不免嘀咕抱怨，后来脾气暴躁的萧军最终和裴馨园的妻子大吵了一架，搬离了那里。

离开裴馨园后，萧军和萧红再次穷困潦倒了起来。在经过一段时间的困苦后，萧军找到了一份教武术的工作，而他的学生也愿意提供住处，两个人暂时安顿了下来。

这份教武术的工作远远不能承担起两个人的生活费用，萧军不得不再次找了一些家教工作。那个时候，他们的日子过得相当艰苦，常常要为吃饭发愁，他们常常向朋友借钱，可是每次借到的钱很少，有时候五毛钱都要用几天。萧红饿得半夜肚子咕咕叫的时候，甚至还想过去偷别人挂在过道门上的面包，可是每次开门走出去，最后都还是会退回来。

萧军这个学生的姐姐名叫汪林，是萧红的中学同学。她常常烫着卷发，抹着红唇，穿着皮大衣，蹬着高跟鞋去电影院看胡蝶新上映的影片。这样的生活，一度让萧红非常羡慕。

在一个寒冷的冬天，萧红实在是饿极了，她到当铺当了一件自己的棉袄，回来的时候，看见一个坐在路边、在北风里瑟瑟发抖的乞丐，她盯着乞丐看了半天，手中握着那刚当来的几个铜板，犹豫了一会儿，最后却还是扔了一个铜板给那个乞丐。

这便是萧红，一个纯真得可爱的萧红，即便身处一个"人吃人"的乱世，也无法失掉内心的善良。同时，萧红亦是一个乐观的人，她曾说："只要他在我身边，饿也不难忍了，肚痛也轻了。"而这个他，指的自然就是萧军。

"两个人一起，没有过不去的坎。"萧红常常这样安慰自己，而事实上也正如萧红所料。

在那段艰难的岁月里，萧红时不时会写一些文章，而萧军也会常常看她写的东西，常常发表文章的萧军自然看出了萧红在文学上的天赋，鼓励她一定要写下去。

1933 年 10 月，萧红和萧军合著完成了小说散文集《跋涉》，并分别以"悄吟"和"三郎"为笔名自费出版。《跋涉》的出版在哈尔滨当地引起了轰动，读者好评如潮，但是因为其内容涉及抗日，很快便被伪满洲国特务查封焚毁了。不仅如此，他们还盯上了萧红和萧军。

成名上海滩

为了躲避迫害，萧红和萧军不得不逃离了哈尔滨，乘船来到了青岛。到达青岛后，萧军得以在《青岛日报》任主编，两人的生活暂时安定了下来。就在这样一段安稳的日子里，萧红笔耕不辍，完成了中篇小说《生死场》。不久后，萧红和萧军与远在上海的鲁迅先生取得了联系，鲁迅先生在了解了他们的经历后，给予他们极大的帮助。

1934 年 10 月，萧红和萧军辗转流亡到了上海，他们不仅和鲁迅先生见了面，而且还将《生死场》稿件交给了鲁迅先生，请他帮忙修改。鲁迅先生看完稿件之后，感叹《生死场》是"北方人民的对于生的坚强，对于死的挣扎"的一幅"力透纸背"的图画。并称赞萧红是"中国当代最有前途的女作家"。

1935 年 12 月，在鲁迅先生的帮助下，萧红正式步入文坛，并首次以"萧红"这个名字为笔名出版了《生死场》。《生死场》一经出版，便引起了整个文坛的轰动，大家纷纷被萧红笔下处于日满统治下东北地区底层人民的艰辛和苦难所震惊。同一年，萧军《八月的乡村》的出版亦引起了文坛的关注。

萧红和萧军，这两个年轻的爱人，在经历了苦难与流亡的磨砺后，终于在文坛大放异彩，他们亦因这两部作品而声名鹊起。

成名后的萧红和萧军不仅在经济上得到了改善，而且还有了很多好朋友。他们搬到了北四川路的"永乐里",这个地方距鲁迅先生居住的地方十分近,因此萧红遇到什么问题常去向鲁迅先生请教,而鲁迅先生也乐于回答。与此同时,萧红和许广平的关系也十分亲密,成为了极好的朋友。

萧红和萧军常常去鲁迅先生家里和当时在上海的作家们聚会,讨论文艺理论和文学创作,更多的时候他们却是手中握着一支钢笔,木桌放着一瓶墨水和一沓纸,安静地伏案写作。

这是萧红在苦难岁月里最快乐的一段日子,可好景不长,早期被饥饿和流亡所遮掩的性格不合在日子安稳之后便显露了出来。

萧红是萧军引上文学创作道路的,也是萧军最先发现萧红的文学天赋的,两人同为夫妻,也同为作家。萧军的《八月的乡村》虽然不凡,可是萧红的《生死场》却更加耀眼,因此萧红所获得的赞誉远比萧军要多。然而萧军又是一个"大男子主义"的男人,而萧红则要细腻婉约许多,早先的她虽然依靠着萧军,但是她的骨子里却是执拗的,现在的她,早已能够独立地生活。

冲突,无可避免地在这两个性格不同的人中间发生了。但萧红却又深爱着萧军,当年是他给了她生的希望,也是他在旅馆中将自己从那暗不见底的深渊中拉了上来。

争吵中的萧红显得格外忧郁,而此时发生的另一件事却让萧红更加痛苦不堪。萧军早年在哈尔滨时曾经认识过一个叫"陈涓"的南方姑娘,他们时常在一起吃饭、聊天,关系十分密切。萧军和萧红到上海来之后,没想到陈涓也找到了这里。她经常来找萧军,有时候甚至就直接在萧红的眼皮子底下和萧军说说笑笑。萧军性格豪爽,对这些事情自然没有什么感觉，可是萧红感情细腻，对于这个突然到来的陌生女人充满了戒备。争吵就这样不期而来，而且这种争吵常常发生。

心中彷徨郁闷的萧红，只得整天去找鲁迅先生倾诉。先生当时已经病得很厉害了，萧红最后也不好意思去打搅。这时，萧红在上海的好友黄源极力鼓励萧红去外面的世界走走，思前想后，萧红最终还是选择了去日本。一来当时在日本的中国留学生比较多，二来当时萧红的弟弟张秀珂留学日本，漂泊这么多年的她，很希望能够和弟弟见上一面。最终她和萧军做了一次深谈，决定自己去日本，而萧军则去青岛，两人约定一年后见面。

挣扎与幻灭

1936 年 7 月，萧红乘轮船抵达了日本。日本的风景虽然不错，可是萧红的心中对这里却始终有一份疏离。她曾经在一篇文章中写道："今天我第一次自己出去走了远路，去的是神保町，那地方的书局很多，但自己走起来也总觉得没什么趣味，又沿路走回来了，觉得很生疏，街路和风景都不同。"

心中孤独的萧红开始想念那个远在青岛的身影，他的豪气干云，他的朗然微笑，都让萧红如此眷恋，而他与其他女人在自己面前调笑的画面此时似乎已被深埋在她的心底。她终于开始忍不住给萧军写信。

均：

　　你的身体这几天怎么样？吃得舒服吗？睡得也好？当我搬房子的时候，我想：你没有来，假若你也来，你看到这样的席子一定就要先在上面打一个滚，是很好的，像住在画的房子里面似的。

　　你来信寄到许的地方就好，因为她与房东熟一些。

　　海滨，许不去，以后再看，或者我自己去。

　　……

　　你的药不要忘记吃，饭少吃些，可以到游泳池去游泳两次，假若身体太弱，到海上去游泳更不能够了。祝好！

　　别的朋友也都祝好！

莹　七月二十一日

　　此时的萧红，还是那个婉约而深情的女子。她关心他，担心他吃得不好，睡得不好，甚至像嘱咐小孩子一样嘱咐他吃药。她甚至在幻想着，假如他能够和自己一起来会是一个多么美好的画面。

　　萧红在日本给萧军写信写得很频繁，几乎几天就写一封，甚至在她病了的时候也没有停下笔来。在日本东京一个清凉的初秋，萧红的肚子忽然剧烈地疼痛。从早上十点开始发作，一直持续到下午两点，整整疼了四个钟头，虽然萧红加大剂量吃下了四片洛定片，但是却似乎还是没有什么用。她那天本来是打算写十页稿子的，可是到头来却不得不放弃了。但即便在这样的境地下，她还是给萧军写了信。

166

均：

......

　　每天我总是十二点或一点睡觉，出息得很，小海豹也不是小海豹了，非常精神，早睡，睡不着反而乱想一些更不好。不用说，早晨起得还是早的。肚子还是痛，我就在这机会上给你写信。或者凡拉蒙吃下去会好一点，但，这回没有人给买了。

......

吟　九月二日

　　"小海豹"是萧军以前给她取的昵称，因为萧红每次睡觉醒过来的时候都会忍不住打哈欠，此时两颗晶莹的泪珠就会挂在她长长的睫毛上，再配上她刚刚睡醒的圆圆的笑脸，就像是一只可爱的小海豹。

　　刚刚在情感世界里恢复一点儿元气的萧红很快便遭受了精神上的打击。有一天，她去一家饭馆吃饭的时候，忽然在报纸上看到了鲁迅逝世的消息，她一下子愣在了那里，两行清泪也随之而下。鲁迅，这个曾引领她真正走上文坛，教她为人处世，教她怎样做学问的老师，竟猝然而逝，萧红一时难以接受。

　　她写信给萧军说："均，你是还没过过这样的生活，和蛹一样，自己被卷在茧里去了。希望固然有，目的也固然有，但是都那么远和那么大。人尽靠着远的和大的生活是不行的，虽然生活是为着将来而不是为着现在。"

　　然而似乎上天觉得萧红所遭受的苦难还不够，于是再次赐她以痛。

萧红在日本期间的生活一直由黄源的妻子许月华照料，她们也因此成为了很好的朋友。不久，黄源的父亲病逝，而黄源亦无法再支付许月华在日本的费用，许月华回到了上海。而此时的萧军，也从青岛回到了上海。

　　萧红万万没有想到，自己的丈夫竟然在这时出轨了，而且这个出轨的对象还是她的好朋友许月华。不仅如此，许月华还怀上了他的孩子。虽然这件事最终以许月华打掉孩子，两人结束这段关系落幕。但是远在日本的萧红还是听到了风声。

　　自己在这孤苦无依的日本思念着远在上海的萧军，每隔一段时间都会给他写去那些承载着自己思念的信，漂洋过海到达他的手心，但他却反手便将自己伤得鲜血淋漓。纸短情长，却敌不过这一弯浅浅的海峡；痴心一片，也难挽住那一颗浪子般的心。萧红，这个半生漂泊、半生凄苦的女人，再一次深深陷入了伤心与绝望。

　　半年之后，早已被伤透心的萧红回到了祖国，回到了萧军身边。只是感情的裂痕一旦存在，便再难复合。重逢之后的二人，屡屡发生争执，萧军有时候甚至当着外人的面大骂贬低萧红，而这样的生活自然不是萧红想要的。

　　萧红再次回到了北平这个梦想开始的地方，进行了一次疗伤之旅。

　　在北平的萧红，常常在北京城游荡，古老的城墙，繁华的街景，还有街上叫卖的小贩，让萧红的生活重新回归了平静。萧红偶尔也会去长城，看一看那里的青山巍峨，在写作闲暇的时候甚至去看了一场《茶花女》电影。

这时的萧军却依旧是那副大男子主义的模样，他甚至写信教训萧红："我现在的感情虽然很不好，但是我们正应该珍惜它们，这是给与我们从事艺术的人很宝贵的贡献。从这里我们会理解人类心理变化真正的过程！我希望你也要在这时机好好分析它，承受它，获得它的给与，或是把它们逐日逐时地记录下来。这是有用的。"

萧红虽然还是那个温婉善良的萧红，可也是那个从家中逃离出来的坚韧的叛逆的萧红，对于萧军的指责，萧红立马做了驳斥："我的长篇并没有计划，但此时我并不过于自责'为了恋爱，而忘掉了人民，女人的性格啊！自私啊！'从前，我也这样想，可是现在我不了，因为我看见男子为了并不值得爱的女子，不但忘了人民，而且忘了性命。"

收到萧红回复的萧军简直气急，他在日记中写道："昨晚吟有信来，语多哀怨，我即刻去信，要她回来。"

萧红回来了，可是她和萧军再也不复从前的快乐。

1937 年 8 月淞沪会战之后，上海陷落。而此时的萧红和萧军也辗转流亡到了山西。在这里，他们再一次产生了分歧。萧军想要在当地参加游击抗日，而此时的萧红还是关心萧军的，她希望他不要去做无谓的牺牲，而是发挥他们的长处鼓舞抗战。

萧红没有料到，萧军其实早就想和她分手了，他曾在 1937 年 8 月 21 日的日记中写道："对于吟在可能范围内极力帮助她获得一点成功，关于她一切不能改造的性格一任她存在，待她脱离自己时为止。"

对于固执的萧军，萧红最终还是放了手。

1938 年 4 月，萧红与萧军正式分手。

两个人从此各奔天涯。

他曾在她生命最黑暗的时候给了她一点光亮，他也在她最幸福的时候将她推向深渊。她曾接受过他的施舍，亦曾饱受过他感情的折磨。这段曾苦苦挣扎过的爱情，最终还是走向了幻灭。只留下那一段风尘往事，留予后人评说。

第十二辑

人生自是有情痴，此恨无关风与月

——徐志摩致陆小曼

1926年10月3日，农历七月七日，也就是中国传统节日七夕节这天，北平北海公园正在举行着一场盛大的婚礼。

参加这场婚礼的人，莫不是北平城文化界的名流大腕儿。除却当时陈寅恪、金岳霖这样的青年才子，主持人和证婚人分别是胡适与梁启超这两位文化界德高望重的前辈。

公园内，绿树成荫，繁花似锦，长长的流水席上放着红酒和各种点心，碧绿的草地上铺就火焰般的红毯。这场婚礼的新郎穿着没有一丝褶皱的西服，脸上带着明朗的微笑，整个人显得格外精神；新娘则穿着洁白无瑕的婚纱，一颦一笑唯美如画。

这两个人就是这场婚礼的主角——徐志摩和陆小曼。

一个才华横溢，一个玲珑聪颖。

一个蜚声文坛，一个名满京城。

一个是青年才俊，一个是一代名媛。

按道理来说，这样的两个人本应是天作之合，人人羡慕。可在这场婚礼举办前却有很多人反对，这又是为什么呢？

两段恋情

明朝正德年间，浙江海宁县搬来一户姓徐的人家。徐家定居此地后就开始世代经商，到了清末民初，这家人更是出了一个叫徐申如的人，不仅将家族产业扩展更大，他本人还成了当地首富。

1897 年，徐申如的夫人为他诞下麟儿，而这个男孩也是徐家的长孙独子。徐申如按照族谱的排序，给这个小男孩取了"徐章垿"这个名字。后来章垿去美国读书，徐申如又给他取了个"志摩"的名字。因为志摩小时候曾经遇到一个和尚，这和尚长得慈眉善目，曾为他"摩"过头，并预言"此人将来必成大器"，志摩这个名字也是由此而来。

志摩是家中独子，因此十分得父母喜欢，很小的时候，他便被送进了家塾读书。到了 11 岁，他又被送进了开智学堂，他在这里不仅经常考第一，而且还打下了深厚的古文功底。随后，志摩又顺利地读完了中学。

1915 年，也就是志摩中学毕业那年，由父母包办，他和一个叫张幼仪的女孩子结了婚。

张幼仪原名嘉玢，1900 年出生于江苏宝山的一个书香世家。她的祖父做过清朝知县，父亲张润之行医为业，家境殷实。张幼仪的二哥张君劢早年曾留学日本，后来曾参加革命党，成为非常有影响力的政治活动家。

　　徐、张两家都是名噪一方的大家族，这样的婚姻绝对可以称得上是门当户对。张幼仪家教极好，知书达礼，在宝山当地是十分有名的大家闺秀。

　　这样一桩在旁人看来的美满婚事，志摩却极为不满。在第一次看到她的相片的时候，志摩就心有不满地说了一句："乡下土包子！"再加上志摩所接受的都是新式教育，追求西方思想，而在他眼中，张幼仪不过是个思想守旧的妇人罢了。

　　因为志摩心存不满，因此很少与张幼仪说话，而张幼仪又是一个极为婉约的人，志摩不说，她便更不会说了。因此，两个人的洞房之夜竟然是在沉默中度过的。

　　婚后还没到一年，徐志摩便离了家，北上抵达天津考取了预科并在那里攻读法科。第二年，北洋大学并入北京大学，志摩也因此转到了北京读书。与此同时，志摩拜在了梁启超门下，成为了梁启超的弟子。

　　1918 年，张幼仪为志摩生下了阿欢。同一年，志摩在老师梁启超的建议下自费前往美国，进入克拉克大学历史系学习。

　　从 1915 年到 1918 年，志摩虽然已经与幼仪结婚三年，可是他与幼仪在一起的时间却不足 4 个月，幼仪曾经感伤地说道："除了履行最基本的婚姻义务之外，对我不理不睬。就连履行婚姻义务这种事，他也只是遵从父母抱孙子的愿望罢了。"

在美国待了两年之后，志摩前往英国伦敦大学攻读政治经济学博士学位。他万万没有想到，自己竟在这里遇见了自己第一个心爱的女子——林徽因。

第一次见林徽因是在她的家中，徐志摩被朋友带着去拜访她的父亲，可是当他看到清丽如水，乡音澄澈的少女时，却不由得被她迷住了。

自从第一次见面之后，徐志摩便忍不住内心的想念。他时常以拜访林徽因父亲的名义到林家做客，然而真正的原因却是他极想看到那个让他念念不忘的女子。

志摩喜欢林徽因清丽而澄澈的眼睛，喜欢她婉软温柔的乡音，喜欢她俏皮可爱的微笑。在日渐的相处中，志摩开始慢慢了解林徽因。他知晓了她读过很多书，她对每一件事情都有自己独到的见解，在谈到文学时，即便是才华横溢的志摩，也常常被她新奇而富有说服力的观点所折服。

我是天空里的一片云，

偶尔投影在你的波心——

你不必讶异，

更无须欢喜——

在转瞬间消灭了踪影。

你我相逢在黑夜的海上，

你有你的，我有我的，方向；

174

你记得也好，

最好你忘掉，

在这交会时互放的光亮！

徐志摩以他的灵气和才华，为这位清丽的少女写下自己的念想和狂热，希望她能回望自己一眼。

他不仅给她写诗，在见不到面的时候，如烈焰般火热的情书更是不少。在这烟雨朦胧的伦敦，志摩如痴如醉地追求着林徽因，但是她却始终拈花而笑，与志摩始终保持着一段距离。

此时，张幼仪的二哥张君劢正旅居欧洲，而徐志摩和林徽因的恋情早已在欧洲的留学生中传得沸沸扬扬，张君劢又岂会听不到一点儿风声？张君劢是极疼爱自己的妹妹的。早在幼仪3岁家里人要给她裹足时，便是这个二哥心疼妹妹而阻止了父母的做法。此时的他又岂会容忍志摩与其他女人绯闻漫天？他写信给徐志摩，旁敲侧击，提醒他已经是有家室的男人，更应该负起作为一个丈夫的责任。或是受压于张君劢，志摩给家中父母写了信，让幼仪出国。而张父和张母很快便同意了。

1921年春天，莺飞草长，万物生长，幼仪远涉重洋，怀着满满的希望坐着轮船来到了法国马赛港，想象着和志摩在异国他乡重逢后的场景。她远远地便在船上看到了那个穿着黑色风衣，戴着黑框眼镜，围着白围巾的志摩。可是当她看到志摩的表情时，心却不由得一下子就凉了下来。

那是一副怎样的表情？他的脸上明显带着反感，眼神里是一种极度的不愿，他那常常对着亲友微笑的脸甚至都不愿意假装出一个微笑给她。在幼仪的眼中，他应该是那站在岸上等船靠岸的人中最不愿意来到这里的那一个。

志摩和幼仪重逢之后，志摩转校到康桥大学（剑桥大学），二人就在英国沙士顿住了下来。此后，幼仪仿佛成了志摩的老妈子，每天围绕着厨房、灶台打转，所做的事情也不过是洗衣做饭。

不久之后，幼仪怀上了志摩的第二个孩子，可是此时正在追求林徽因的志摩留给幼仪的只有冷冷的三个字："打掉它！"

幼仪看着冷漠的志摩，只觉得心如刀绞。她后来回忆说："经过沙士顿那段可怕的日子，我领悟到自己可以自力更生，而不能回徐家。我下定决心：不管发生什么事情，我都不要依靠任何人，而要靠自己的两只脚站起来。"

1922 年 2 月 24 日，在志摩的坚持下，幼仪终于同他离了婚。

扫清了爱情路上一切障碍的徐志摩，正准备全力追求自己视作女神的林徽因，但这时林徽因却已经回到了国内。更为残酷的消息是，林徽因被许配给了他人。

这年 10 月，志摩匆匆赶回了北京。然而一回到这里，志摩却发现事情远远不是自己想象的这么简单，因为这个"他人"，正是梁启超的儿子梁思成。

不仅如此，梁启超还给志摩写了一封带着教训口吻的信："其一，万不容以他人之苦痛，易自己之欢快。弟之此举，其与弟将来之欢快能得与否，殆荡如捕风，然先已予多数人以无量之苦痛。其二，恋爱神圣为今之少年所乐道……兹事亦可遇而不可求……况多情多感之人，其幻想起落鹘突，而得满足得宁帖也极难，所想之神圣境界恐终不可得，徒以烦恼终生而已耳……"

志摩一开始如遭雷击，没想到自己一向敬爱的老师竟然给自己写了这么一封信，但是不久后他就看清了这封信的真实深意，虽然整封信都是从幼仪和张家的角度，以及保护志摩来写的，可其深层次的含义就是摆明了叫自己不要去和他的儿子抢媳妇儿。

志摩显然不是那种知难而退的人，拦在自己面前的即便是自己的老师，他还是要上去叫板。他给梁启超的回复中写道："我将于茫茫人海中访我唯一灵魂之伴侣，得之，我幸，不得，我命，如此而已。"

虽然志摩才华横溢，但是梁思成也十分优秀，再加上梁启超和林家的阻力，徐志摩的成功机会已经十分渺茫。而林徽因是一个十分理性的人，她分析说："徐志摩当初爱的并不是真正的我，而是他用诗人的浪漫情绪想象出来的林徽因，而事实上我并不是那样的人。"

在与梁思成争夺林徽因的这场爱情角逐里，志摩最终输得一败涂地。

一代名媛

在志摩失去林徽因之后，另一个女人又走到了他的生命里，这个女人便是民国时代名噪京城的一代名媛陆小曼。

陆小曼又名陆眉，别名小眉，1903 年出生于上海孔家弄。小曼眉目清秀，风姿绰约，又因为与观音菩萨是同一天生日，于是家里人便亲切地称她为"小观音"。

陆家家学渊源，乃书香世家，小曼的父亲名叫陆子福，是晚清举人，早年毕业于日本早稻田大学，为日本名相伊藤博文的得意弟子。在日本留学期间，陆子福参加了孙中山先生的同盟会。袁世凯当政期间，陆子福和很多同盟会成员曾被逮捕。

国民党南京政府成立后，陆子福供职于度支部（财政部），曾担任司长、参事、赋税司长等职位，而他亦是中华储蓄银行的主要创办人之一。

陆小曼的母亲名叫吴曼华，是常州白马三司徒中丞第（副宰相）吴耔禾之长女。她的外祖父吴光悦是清朝江西巡抚。吴曼华才华非凡，在诗词绘画和古文学方面都有很深的造诣。

小曼前后共有八个兄妹，但是全部都夭折了，因此小曼从小便是万千宠爱在一身，被父母视为掌上明珠。而"小曼"这个名字，也是出自她母亲的择取。

小曼幼年时是在上海幼稚园度过的，等到 6 岁的时候，她母亲便带她来到北京和她父亲一起生活。到北京后的第二年，小曼进入北京师范大学女子附属小学读书，几年后又以优异的成绩进入北京女子中学。到 15 岁时，小曼转入了圣心学堂。

小曼自幼聪明，受到母亲影响，对绘画有着很浓的兴趣，并且在这方面取得了一些成绩。同时，小曼十分喜欢音乐，亦弹得一手好钢琴。读中学时，父亲又请了专门的老师来教她英语和法语，小曼语言天赋很高，再加上勤奋努力，她很快便掌握了这两门语言，并能说出流利的英语和法语。

多才多艺的小曼从学生时代起便已是大家眼中的明星，她高贵而富有才华，她高傲而别具一格，尤其是她的美丽，更是让人不得不惊叹。如果说林徽因的美是一种"俏丽"，那么陆小曼的美则是"婉约"，眉如墨染青山，眼如清溪汇聚，俏鼻红唇，身姿如仙，让人一看到她便想起四个字——惊才绝艳。

胡适曾说："陆小曼是一道不可不看的风景。"而刘海粟说："陆小曼的旧诗清新俏丽;文章蕴藉婉约;绘画颇见宋人院本的常规，是一代才女，旷世佳人。"就连当年号称"杭州第一美女"的王映霞也曾评价陆小曼："她确实是一代佳人，我对她的印象，可以用'娇小玲珑'四个字概括。"

因为才，因为貌，学生时代的小曼就有了一个"皇后"的雅称，每次出门，都有不少国内和国外的青年才俊跟在小曼的身后，希望能得到她的眷顾。

这时，北洋政府外交总长顾维钧要求圣心学校推荐一个精通英语和法语的外交人才，而才貌双全的小曼自然就成了当仁不让之选，而陆子福也很希望女儿能得到锻炼。因此，小曼不久之后就进入了外交界。

进入外交界的小曼更加如鱼得水，她在外交舞会上就如一朵水仙，在面对别人的友好态度时，她真挚幽默，常常让诸国大使宾至如归。当她面对外国人挑衅时却敢迎面反击。

有一次外交部邀请外宾观看文艺晚会，一个外宾挑刺说："这么糟糕的东西怎么可以搬上舞台?"小曼听罢，立刻反唇相讥："这些都是我们中国有特色的节目，只是你看不懂而已。"

还有一次，在一个宴会上，中国和外国的孩子们正在玩气球，一个外国人故意将中国孩子的气球戳破，吓得中国的孩子大哭，小曼见状，立即将外国孩子的气球也戳破，吓得外国孩子也猛地哭了起来。

还有一件事发生在法国将军霞飞检查我国仪仗队时，看到我国的仪仗队动作不是很整齐，他讥笑道："你们中国的练兵方法大概与世界各国都不相同吧。"小曼微微一笑，回答："没什么不同，全因你是当今世界上有名的英雄，大家见到你不由得激动，所以动作无法整齐。"霞飞将军听罢先是一愣，然后哈哈笑了起来，连连称赞小曼的机智。

小曼在外交领域的才华很快便得到了大家的认可，甚至有好事之人将她和上海著名交际花唐瑛并称为"南唐北陆"。

因为优秀，所以小曼的身边从来都不乏追求者，而在外交领域已崭露天赋的小曼没有意识到此时爱情正在向她悄悄靠拢，而给她带来爱情的这个人就是王庚。

王庚，1895 年出生于江苏无锡，本是官宦人家的子弟，后来家道中落，王庚发奋求学考上清华，之后又得以公费留学美国，先后在密歇根大学、哥伦比亚大学、普林斯顿大学等名校就读，从普林斯顿大学以优异成绩毕业后，被邀请到美国西点军校学习，并且与后来成为美国总统的艾森豪威尔是同学。

王庚外貌俊朗，风度翩翩，从西点军校毕业之后回国供职于北洋陆军部，之后又转入外交部，因为工作上的关系，王庚得以和小曼相识。不久之后，陆小曼的父母也认识了王庚。这位背景清明，毕业于名校，前途远大的青年才俊非常得小曼父母的赏识。

才俊配淑女是那个时代里最常见的婚姻。然而事实上，因为陆子福只有小曼这么一个女儿，为了家族的将来，他们急切需要一个可以成长得起来的女婿以后为陆家遮风挡雨。而家道中落的王庚，也需要一个娘家财力雄厚、人脉广泛的妻子作为自己重振王家的重要助力。小曼不仅才貌双全，而且相当符合自己的要求。

这样一桩建立在相互利益上的婚姻，陆家和王庚自然毫无反对的可能，而那时的小曼年纪尚小，虽然她在外交方面才华惊人，可是她却从未谈过恋爱，感情世界更是一片空白，对于这桩婚姻她找不到反驳的理由，于是她很快便和王庚完婚了。

小曼的婚礼费用由陆家筹备，陆家财力雄厚，因此这场婚礼被举办得豪华而盛大。婚礼在"海军联欢社"举行，北平政商名流，时尚名媛尽皆到场。除了有曹汝霖和章宗祥女儿这样的官小姐，还有许多外国使节的小姐到场。这场婚礼一时震动京城。

中国自古以来便是"男主外，女主内"。婚后，嫁做人妇的小曼，不仅停止了上学，而且连外交部的工作也辞了，每日过着官太太的生活。小曼是个感情细腻的女人，诗词歌赋，琴棋书画，莫不精通，然而王庚出身于西点军校，又曾供职于陆军部，自然如同普通军人那般粗枝大叶。他时常不能理解小曼的浪漫，而小曼也羞恼于他的粗心。

小曼曾抱怨道："谁知这位多才多艺的新郎，虽然学贯中西，却于女人的应付，完全是一个门外汉，他娶到了这个如花似玉的漂亮太太，还是一天到晚手不释卷，并不能分些工夫去温存温存。"

由于小曼不再在外交部工作了，且家里一切事情自有仆人照料，因此小曼的闲暇时间就多了起来。这时的她，在家里过得无聊，便不免再次走入了社交场合，和那些官太太、官小姐们一起在戏院里流连，在牌桌上度日，在舞池中狂欢……

吻火

就在小曼无聊得快要发霉的时候，志摩来到了她的身边。

1918 年巴黎和会期间，因北洋政府需要留洋的军事专家的帮助，于是出身西点军校的王庚便成了一个极好的选择。而此时的梁启超也正在欧洲为中国的权益奔走呼号，两人因此而结识，王庚也就拜在了梁启超门下，成为了他的弟子。

志摩和王庚同为梁启超之弟子，因此平日里便少不了走动，但是志摩和小曼的第一次见面却不是因为这个。

志摩从英国回国后，通过一系列诗作的发表，逐渐声名鹊起。然而此时的他却还是挂念着林徽因。1924 年 5 月，印度著名诗人泰戈尔访华，才女林徽因作为接待团成员之一与志摩一同作陪，志摩便认为这是一个挽回林徽因感情的绝好机会。5 月 8 日，泰戈尔生日。北京文化界为他在协和医院礼堂演出了他的诗剧《齐德拉》，由林徽因饰演齐德拉，而志摩则饰演爱神。当时小曼就在礼堂看了志摩的演出，不过此时的他们，却都互不相识。

志摩真正认识小曼的时候，他正处于因林徽因而感情失落的阴影下。

小曼常常想王庚陪她一起出去玩，但是王庚整日专心于工作和前途，因此常常推脱让志摩去陪她。正处于情伤中的志摩也急需要多出去走走来疗伤。

志摩和小曼一起跋涉长城，遍观青山绿水；一起流连戏院，聆听慢唱悄吟；一起舞池共起，灯红酒绿……志摩是如火一般热情的青年才子，小曼是柔软如棉的婉约美人，当烈火遇到棉花，一场爱情的焚烧便不可避免。

有一次两个人一起在真光戏园看戏，两个人并排而坐。小曼飘柔的发丝偶尔撩过志摩的脸庞，顿时让志摩心动不已。志摩曾在一首诗中动情记述了那晚的情形：

昨晚上，再前一晚也是的，

在春雨的猖狂中

春投生入残冬的尸体

不觉得脚下的松软，

耳鬓间的温驯吗？

树枝上浮着青，

潭里的水漾成无限的缠绵；

再有你我肢体上胸膛间的异样的跳动；

桃花早已开上你的脸，

我在更敏锐的消受你的媚，

吞咽你的连珠的笑；

你不觉得我的手臂更迫切的要求你的腰身，

我的呼吸投射在你的身上，

如同万千的飞萤投向火焰？

这些，还有别的许多说不尽的，

和着鸟雀们的热情回荡，

都在手携手的赞美着春的投生。

1924 年，王庚出任哈尔滨警察厅长，并在那里长期驻留，临走时拜托几个在北京的好友多加照顾小曼，而志摩与王庚同为梁启超的弟子，他自然也在此列。王庚的这次离开，无疑为志摩和小曼提供了爱情疯长的空间。

二人不仅常常结伴出行，而且小曼更是在志摩的带领下加入了当时在国内非常有影响力的新月社。当时新月社的活动地址在松树胡同，有一次社里的活动完毕，小曼即将走了，志摩忽然拉住了她，两个人的双眸深情凝望，最后竟忍不住亲吻起来，舌唇交错之际，爱，越发深了。

志摩虽是一个感性的人，可是他的骨子里却还带着一丝理性。他知道自己和小曼的感情是真挚的，但是他也知道"朋友妻不可欺"的道理。面对这份突如其来的感情，他决定到欧洲去避一避，让自己冷静下来。

但是不久之后他却接到了小曼病重的电报，这个消息又让他风风火火地赶了回来。而且这一次回来，那爱情之火便再也灭不了了。

才子佳人自是白衣相卿

志摩回国之后，和小曼的情书往来便多了起来，志摩热烈地称小曼为龙龙，每一言、每一语都足以让人的肺腑燃烧。

龙龙：

我的肝肠寸寸的断了。今晚再不好好的给你一封信，再不把我的心给你看，我就不配爱你，就不配受你的爱。我的小龙呀，这实在是太难受了。我现在不愿别的只愿我伴着你一同吃苦。——你方才心头一阵阵的绞痛，我在旁边只是咬紧牙关闭着眼替你熬着。龙呀，让你血液里的讨命鬼来找着我吧，叫我眼看你这样生生的受罪，我什么意念都变了灰了！

志摩和小曼的情书后来集结成册，并以"爱眉小札"为名出版发行。这样的情书，据说就连当时新潮的年轻人看了都脸红心跳。

志摩和小曼的恋情自然是纸包不住火，很快便传遍了整个京城，王庚回来之后大怒，不仅扬言要一枪打死志摩，甚至曾在公共场合大骂过小曼。

陆家本来是不同意志摩和小曼在一起的，可是当小曼的父亲听闻小曼被大骂的事情之后，却十分心疼小曼，同意了小曼和志摩在一起。

但是，小曼的母亲吴曼华却坚持反对。

另一个方面的压力则来自于志摩的父亲徐申如，他认为儿子已经离过一次婚，再婚娶一个有夫之妇更是有辱门庭，因此极力反对这桩婚事。

但即便感情的路上充满荆棘，志摩和小曼却仍旧坚持做着自己的努力，志摩这时还常常给小曼写信安慰她。

小曼：

……我真不知道你申冤的日子在哪一天！实在是没有一个人能明白你，不明白也算了，一班人还来绝对的冤你。阿呸！狗屁的礼教，狗屁的家庭，狗屁的社会，去你们的。青天里白白的出太阳，这群人血管的水全是冰凉的！我现在可以放怀地对你说：我腔子里一天还有热血，你就一天有我的同情与帮助。我大胆地承受你的爱，珍重你的爱，永保你的爱……最初我听见人家诬蔑你的时候，我就热烈地对他们宣言，我说你们听着，先前我不认识她，我没有权利替她说话，现在我认识了她，我绝对的替她辩护……

而小曼也在这艰难的处境中做着自己的努力，有一次她回家陪母亲去看病，在车中再一次试探母亲的口气，得到的却是母亲的反对，但是她认为母亲是封建思想，随后她还给志摩写了一封信，不仅在信中提到了自己母亲思想的封建，而且还庆幸自己遇到了志摩。

"摩！我今天很运气能够遇着你，在我不认识你以前，我的思想，我的观念，也同她们一样，我也是一样的没有勇气，一样的预备就此糊里糊涂地一天天往下过，不问什么快乐什么痛苦，就此埋没了本性过一辈子完事的；自从见着你，我才像乌云里见了青天，我才知道自埋自身是不应该的，做人为什么不轰轰烈烈地做一番呢？我愿意从此跟你往高处飞，往明处走，永远再不自暴自弃了。"

1925 年 9 月，志摩请好友刘海粟在上海功德林餐厅举行了一场宴会，除了志摩和小曼到场外，王庚、小曼的母亲吴曼华以及上海名媛唐瑛，还有其他名流到场。当时小曼缩在母亲怀里，而王庚则坐在一旁阴沉着脸。宴会进行到一半时，刘海粟突然举起酒杯说道："愿我们都为自己创造幸福，并且为别人的幸福干杯！"

王庚是一个聪明的人，又怎会听不懂刘海粟话中的弦外之意。宴会一结束，他便找借口匆匆离开了。就在所有人都认为王庚不会放手的时候，王庚却私下给刘海粟说了一句话："我并非不爱小曼，更舍不得失去小曼，但我希望她幸福。她和志摩都是艺术型人物，一定能志趣相投。今后作为好朋友，我还是要关心他们的。"

不久之后，王庚南下出任南京五省联军总司令部总参谋长，他写了一封快信给陆小曼："如念夫妻之情，立刻南下团聚，倘若另有所属，决不加以阻拦。"但已无力挽回，1925 年底，陆小曼与王庚离婚。

王庚这个问题到这里便已处理完毕，而小曼的母亲吴曼华为着女儿的幸福，最终还是转向了支持她。徐志摩的父亲虽然在胡适的劝解下同意了志摩和小曼的婚事，不过却提出了三个要求：一、结婚费用自理，家庭概不负担；二、婚礼必须由胡适做介绍人，梁启超证婚，否则不予承认；三、结婚后必须南归，安分守己过日子。

这三个条件志摩都答应了，而且两个人最终在北海公园结了婚，但是这场婚礼进行到一半时却有个小插曲。

　　当时志摩按照和父亲的约定邀请了自己的老师梁启超作为证婚人，在这个喜庆的日子里证婚人本应该是说一番喜庆的话的，但是梁启超却在婚礼上把志摩和小曼骂了一通。

　　"徐志摩，你这个人性情浮躁，以至于学无所成，做学问不成，做人更是失败，你离婚再娶就是用情不专的证明！陆小曼，你和徐志摩都是过来人，我希望从今以后你能恪遵妇道，检讨自己的个性和行为，离婚再婚都是你们性格的过失所造成的，希望你们不要一错再错自误误人，不要以自私自利作为行事的准则，不要以荒唐和享乐作为人生追求的目的，不要再把婚姻当作是儿戏，以为高兴可以结婚，不高兴可以离婚，让父母汗颜，让朋友不齿，让社会看笑话……"

　　梁启超的话可以说是毫不留情面，志摩在一旁有些听不下去了，打断了他："恩师，请您为学生和高堂留点面子！"

　　梁启超想到了志摩和小曼的父母在场，这才将满心的火气平复了下来："总之，我希望这是你们两个人这一辈子最后一次结婚！这就是我对你们的祝贺！我说完了！"

　　梁启超的一席话让在场的宾客莫不惊得目瞪口呆。梁启超对志摩自是有不满的，为了追求自己那位儿媳林徽因，竟然不惜和已经为他生儿育女的幼仪离婚，然后竟然又和有夫之妇小曼擦起了爱情的火花，引得她和王庚离了婚。要知道王庚和志摩同为梁启超的弟子，"手心手背都是肉"，假如自己在婚礼现场一味祝福志摩，只怕王庚心里又要不好受了。

但是梁启超也的确是爱护志摩的，他希望志摩能对感情更加忠贞一些，不要再三心二意。同时他对小曼也是不满的，身为自己一个弟子的妻子却去勾搭他的另一个弟子，这多少让梁启超这个做老师的心里不舒服。

而且梁启超似乎预见了志摩和小曼在一起不会幸福，在他们婚礼的第二天，他就给梁思成和儿媳林徽因写了信："我昨天做了一件极不愿意做的事，就是去替徐志摩证婚。他的新妇是王庚的夫人，与志摩爱上才和王庚离婚，实在是不道德之极。志摩找到这样一个人做伴侣，怕将来痛苦会接踵而来。所以不惜声色俱厉地予以当头棒喝，盼能有所觉悟，免得将来把志摩弄死。"

梁思成和林徽因绝没有想到，梁启超的话竟在几年后一语成谶。

生活是这样子，不如诗

婚后，志摩和小曼按照和志摩父亲的约定回到了海宁硖石，虽然志摩的父亲对小曼有颇多不满，可是他们对家中的独子志摩却还是很心疼的。在志摩和小曼婚后不久，他们就在海宁为小夫妻俩建了一座中西合璧的两层小楼。

这座小楼有冷热水管、电灯、浴室，楼下的深黄印花地砖以及窗户上的彩色玻璃，都是当年从德国进口的，价格非常昂贵。

小楼后有一个大大的花园，花园内遍植翠竹、茶花、石榴、夹竹桃。花园内还有一口井，井栏为浅粉红色。井旁边还立着一块石碑，上面写着"爱之清泉"几个字。

小洋楼内，志摩和小曼的居所，室内全是清一色的昂贵西式家具，志摩和小曼的床前铺着淡米黄色嵌五彩花卉的羊绒地毯，墙纸和窗花全都是粉色的。

这样的居所和布置，让志摩和小曼简直如同神仙眷侣。事实上，志摩和小曼也过了很长一段时间神仙眷侣的生活。有时夫妻两人会一同讨论文学作品，有时候会一起写写诗，有时听听留声机的回响，有时则在花园中漫步赏花……

然而不久之后，这种情况便发生了改变。

小曼是大小姐出身，陆家家境殷实，她从生下来就不知道什么叫节约。凡是自己所用之物，无不讲究品质出处，至于价格便放到了一边。此外，从小处处被人捧着的小曼根本不会给公公婆婆请安，更别谈三从四德了。她时常和志摩一起在家中嘻嘻哈哈打闹，有时甚至会在徐志摩父母面前对徐志摩撒娇让徐志摩将自己抱上楼去。

这样的做派公公婆婆自然是看不惯的了，和志摩还有小曼待了不到两个月，两个老人便北上去了北平，与幼仪一同居住去了。

二老的离去让小曼的脸上多少有些难看，她和志摩在海宁居住了一段时间之后，也搬到了上海。

他们在上海四明新村租了一座小洋楼，每个月的租金便要花上一百多元，又配了小汽车，和众多仆人，生活简直奢华至极。

上海十里洋场，繁华如斯。擅交际，会跳舞，能绘画，又弹得一手好钢琴的小曼自然成了上海交际圈的明星人物。她整天流连于牌桌、戏院、舞池，并与上海的名媛们混在一起。不仅如此，小曼甚至还学会了抽鸦片。

小曼和志摩结婚之后，基本上每个月都要花掉 500 到 600 大洋，在那个普遍贫穷，警察一个月只有 8 块大洋收入的年代，小曼这样的日子简直可以称得上挥金如土。

这样的小曼让志摩感到有些陌生了，最初的快乐、最初的幸福、最初的欢声笑语此刻似乎都已离志摩远去。小曼几乎每一天都有舞会，几乎每一天都要流连舞池，两个人甚至没有一点儿私人时间。久而久之，志摩不免抱怨起来。

可是小曼对于志摩的抱怨却置之不理，甚至还感叹："照理讲，婚后生活应过得比过去甜蜜而幸福，实则不然，结婚成了爱情的坟墓。徐志摩是浪漫主义诗人，他所憧憬的爱，最好处于可望而不可即的境地，是一种虚无缥缈的爱。一旦与心爱的女友结了婚，幻想泯灭了，热情没有了，生活便变成白开水，淡而无味。"

为了挽回小曼的心，志摩甚至不得不投其所好。小曼极喜欢看戏，有时候亦登台演出，志摩为了讨得她的欢心，有时也登台陪唱。有一回演《三堂会审》，小曼扮演苏三，志摩则扮演蓝袍陪审，虽然演出得到了看客们的赞誉，但是志摩的内心却格外厌倦。他在日记里写道："我想在冬至节独自到一个偏僻的教堂去听几折圣诞的和歌，但我却穿上了臃肿的戏袍登上台去客串不自在的腐戏。我想在霜浓月淡的冬夜独自写几行从性灵暖处来的诗句，但我却跟着人们到涂蜡的舞厅去艳羡仕女们发金光的鞋袜。"

小曼的所作所为，志摩的父亲徐申如自然有所耳闻，一怒之下，他断掉了他们的经济来源，志摩不得不同时在光华、东吴、大夏三所大学讲课，不仅如此，他还在课余时间给报社还有杂志社写稿，以补贴家用。

魂断晴空

1931年11月20日，北平《晨报》刊登了一则消息：

"【济南十九日专电】十九日午后二时中国航空公司飞机由京飞平，飞行至济南城南州里党家庄，因天雨雾大，误触开山山顶，当即坠落山下。本报记者亲往调查，见机身全焚毁，仅余空架，乘客一人、司机二人，全被烧死，血肉焦黑，莫可辨认，邮件被焚后，邮票灰仿佛可见，惨状不忍睹……"

当林徽因和梁思成看到这条消息时顿时慌了，因为他们清楚地记得徐志摩昨天搭乘的便是这架飞机。夫妻二人赶忙找到了胡适，没想到胡适也正双手颤抖地看着手中的这份报纸。看到林徽因和梁思成赶过来，他连忙颤抖着说："你们先坐一会儿，我这就去中国航空公司，让他们去问一下南京公司志摩是不是搭乘的这架飞机？"

说罢，他便走了出去，过了不多时，他又回来了，眼睛红着，眼泪还不停地往下掉。看到胡适的样子，林徽因顿时泣不成声。

11月19日夜里，当有人给陆小曼报信说志摩的飞机出事时，她以为是别人同她开的玩笑，将那人挡在了门外，等到真正确认这一消息

192

时，小曼受不了这样的刺激，猛然间晕倒在地。

等她醒过来，眼前浮现的却总是志摩那张微笑着的脸。往事一幕幕地从她眼前闪过。与她一起在戏园里看戏微笑着的志摩，在松树胡同深情吻过她的志摩，婚后与她一同读书、一同写字、一同在花园中赏花的志摩……

她醒来后已经不知道哭晕多少回了，志摩好像也还没离开她。她忽然想起了志摩的好。志摩总是耐着性子安慰她，耐心地劝解她，娇宠地依着她。他的样子是那样温柔，他的笑脸是那样明媚，他的声音是那样好听……只是，他不在了，她再也见不到那个对她最好的志摩了。

她想起了志摩给自己发来的信："徐州有大雾，头痛不想走了，准备返沪。"那是志摩生前最后一封写给自己的信了。

小曼忽然悔恨起来，她恨自己没有好好珍惜和志摩在一起的时光，她恨自己太过于留恋那些灯光霓虹，她恨自己为什么没有好好陪着志摩，如果志摩在自己身边是快乐的，只怕那一天头疼的时候他就会回到上海来吧？

小曼哭晕醒过来之后，便坚持要去山东党家庄接徐志摩的遗体回来，但是却被家人和朋友死死按住了。他们知道，现在的小曼一旦去见他，只怕会忍不住随志摩而去。志摩的遗体运回来之后，小曼见到了志摩的遗物——一个铁盒子。

小曼轻轻打开铁盒子之后，发现里面是一幅画卷，而那幅画，正是她在1931年春天创作的。志摩极为喜欢这幅画，而且上面有着邓以蛰、胡适、杨铨、贺天键、梁鼎铭、陈蝶野等人手笔的题跋，志摩这次随身带着这幅画北上就是想将这幅画再次请人加题。

志摩自始至终还是爱着她的，甚至死的时候都将自己的画带在身旁。想到这里，小曼不由得再次潸然泪下。

12月6日，志摩的追悼会在北大工学院大礼堂召开。会场由林徽因布置，北大教授丁文江致悼词，胡适痛述徐志摩生平历史，当日到会200多人，蔡元培、郁达夫、梅兰芳等社会名流尽皆到场。

追悼会现场，白花如雪，挽联似林。而教育界前辈蔡元培为志摩写下的挽联被认为最为贴切：

"谈诗是诗，举动是诗，毕生行径都是诗，诗的意味参透了，随遇自有乐土；乘船可死，驱车可死，斗室坐卧也可死，死于飞机偶然者，不必视为畏途。"

志摩的一生都是诗，是的，正如他在他的名作《再别康桥》中写道：

悄悄的我走了，

正如我悄悄的来；

我挥一挥衣袖，

不带走一片云彩。

而小曼，在志摩离世后便告别了交际场，每日荆钗布裙素面朝天，她还戒了烟，每日除却整理出版志摩的作品，便是沉下心来作画。

这样的小曼，是志摩从前想看到的小曼：朴素、向上、灵气。

这样的小曼，后半生都沉浸在了志摩的回忆里。

第十三辑

得成比目何辞死，愿作鸳鸯不羡仙

——鲁迅致许广平

1929 年 5 月 19 日。

北平的一个公寓里，鲁迅安静地坐在一张木桌前，手中执着笔。此时已是深夜了，室内的灯显得昏黄而幽暗，但是春夏之交的天空，在漫天璀璨星光的照耀下，却显得格外明亮，柔和的风也让人感到格外舒服。

鲁迅提着笔，似乎想了好一会儿。往公寓下安静的街道看了一眼后，他开始提笔写信。

小刺猬：

……

这里很热，可穿纱衫了，雨是久已不下，比之南方的梅天，真是大不相同。所有带来的夹衣，都已无用，何况绒衫。我从明天起，想去看牙齿，大约有一星期，总可以补好了。至于时局，若以询人，则因其人之派别，而所答不同，所以我也并不深究，总之，到下月初，京津车总该是可走的，那么，就可以了。

小刺猬，这里的空气，真是沉静，和上海的动荡烦扰，大不相同，所以我是平安的；但只因为欠缺一件事，因而也静不下，惟看来信，知道小刺猬在上海也很乖，于是也就暂自宽慰了。小刺猬要这样继续摄生，万勿疏懈才好……

小白象五月廿二夜一时

在鲁迅的这封信里，不见了那个"横眉冷对千夫指，俯首甘为孺子牛"的斗士，字里行间，全是满满的温情与爱恋。不仅如此，他还将那人称为小刺猬，而自称小白象。

那么，能让一向严肃的鲁迅变得如此温情的人到底是谁呢？这个人是许广平——鲁迅一生的爱人。

两个女人

鲁迅在和许广平相恋之前，其实在他的生命里已经相遇过两个女人，一个名叫琴姑，另一个名叫朱安。

鲁迅有一个小舅父名叫鲁寄湘，是个郎中，在当地颇有名声。鲁迅的这位小舅父有四个女儿：琴姑、意姑、林姑和招官。她们不仅长得十分清秀，而且都能识文断字。这四个女儿中，琴姑年纪最大，学问也最深，许多深奥的医书她都能看得懂。

琴姑十一二岁时，父亲曾带着她去鲁迅家拜访过。那时琴姑和鲁迅年纪尚幼又都十分喜欢读书，因此非常合得来，常常在一起玩耍。因此，那可以称得上是一段青梅竹马的时光。

等到鲁迅稍长一些，他母亲便去小舅父家提了亲。看到鲁迅的母亲来提亲，琴姑并没有表示什么意见，但事实上她的心却如在春天里纷飞的蝴蝶，是欣喜的，是欢快的。这么多年的旧识，自己这个表弟，早已深深地刻在了自己心里。

按照当地规矩，只要生肖不犯冲，八字不相克，两个人便可以在一起。可是琴姑却是属羊，而中国民间普遍认为属羊的人命硬，并且有着“男属羊，闹泱泱；女属羊，守空房”的说法，并且鲁迅出生时却是蓑衣包（胎盘先下来），民间认为这样的孩子命弱，不好养。

鲁迅对琴姑很有好感，琴姑对鲁迅自是喜欢的。可是因为八字不合，因此这桩婚事遭到了鲁迅母亲的极力反对，最后这事也就无疾而终了。琴姑虽然舍不得离开鲁迅，可是遭到身边老妈妈的劝解之后，还是放手了。

后来，琴姑又被小舅父许配给了其他人，但是没过几年就病逝了。在临终前，琴姑对一直照顾着她的贴心老妈妈说：“我有一桩心事，在我死前非说出来不可，就是以前周家来提过亲，后来忽然不提了，这一件事，是我的终生恨事，我到死都忘不了。”

因为琴姑的事情，鲁迅遭到了情感上的打击，感觉十分失望，便将精力投入到了学习上。1898 年，鲁迅从南京水师学堂毕业后因为家族长辈的催促参加过县考，并且中榜，但是之后不论家人如何逼迫，他都不愿再参加府考，反而只身到了南京，进入了江南陆师学堂附设矿务铁路学堂，学习开矿。

三年后，鲁迅从江南陆师学堂毕业，以优异成绩获得去日本留学资格。抵达日本后，鲁迅先是学习了一段时间的日语，之后才转入仙台医学专门学校，学习医术，救死扶伤。

鲁迅学医虽然非常用功，可是当时考得最好的却是社会伦理学，鉴于当时中国风雨飘摇的状况，鲁迅像大多数留学海外的学生们一样，希望能找到救亡中国的道路。

1906 年，鲁迅开始屡屡接到家中母亲的电报，催促他赶紧回家完婚。鲁迅留学日本，所接受的都是新思想，在日本眼见周遭人物处事方式，也都是新式做派，对于母亲的要求，他只有一句话："让姑娘另嫁他人为好。"

但不料，不久之后突然传来母亲病危的消息，这一下鲁迅慌了，自父亲去世之后，母亲将自己辛苦拉扯着长大，因此他对于母亲非常孝顺。在听到这个消息之后，他赶忙回了家。

一回到家，鲁迅看到的景象却让他呆了，母亲并未生病，反倒是家里都挂起了火红的彩带，敲锣打鼓好不热闹。鲁迅这才知道，原来自己是被母亲给骗了。原来是乡里突然传出了自己要和日本女人结婚的谣言，母亲这才编了一个病危的借口骗自己回来，真正的目的却是将他骗回来结婚，而结婚的对象，就是鲁迅生命里的第二个女人朱安。

朱安的祖上曾经做过县官一类的官，因此在这种环境下成长起来的朱安完全是封建传统女性的做派。

周家人都知道鲁迅是新派人物，在结婚的那天除了脑后那条临时装上的假辫子，鲁迅全身上下却都是新式礼服，大家还以为鲁迅会与家中发生一场抗争，指不定婚礼上还会闹出什么乱子，因此在婚礼开始之前还商量着假如鲁迅做出什么出格的举动，周家该怎么应对。

但鲁迅在婚礼上却并未做出什么出格的举动，对于这桩婚姻，鲁迅自然是不满的，可是他却是个孝子，不愿见到因自己在婚礼上大闹导致母亲伤心。婚礼那天，他只是机械地任由着别人按着头和朱安拜了堂，成了亲，整个过程不说一句话。

完婚后的第二天，鲁迅并没有按照旧俗去祠堂，那天晚上，他也是在书房中睡下的，第三天，鲁迅就去了日本。

到日本学习了一个月，鲁迅忽然向自己尊重的老师藤野先生提出了自己想要弃医从文的想法，藤野先生很震惊，但是却没有说什么。

中国人在精神上的麻木给了鲁迅很大触动，他觉得学医只能治好人的身体，然而在当时的中国，更重要的却是唤醒人们的精神。

从此鲁迅走上了以文学救亡图存的道路，向千千万万的中国人发出了自己的呐喊。而朱安，那个从未走进他感情世界里的女人则被他放在了身后。

朱安的确是很好的女人，不仅出身不错，而且知礼仪而性宽和，守孝道而尊长辈。这样的女子放在封建时代是个标准的好女人，但正是因为这样，她才始终没能走进鲁迅的心里。

鲁迅曾不止一次对友人说："她是我母亲的太太，不是我的太太。这是母亲送给我的一件礼物，我只负有一种赡养的义务，爱情是我所不知道的。"

鲁迅从文后，家里的经济状况开始好转，鲁迅将足够的生活费交给朱安，由她安排家中的用度。然而即使是同在一个屋檐下，鲁迅却还是和她形同陌路。为了减少见面，他们甚至安排了两只箱子，一个放要洗的衣服，一个是已洗干净的衣服。鲁迅换洗衣服，都通过这两个箱子来解决。

鲁迅似乎曾想过想开导朱安，将她变成一个新式女性，他却失败了。有一回，鲁迅告诉朱安，有一种食品非常好吃，朱安也随即附和那食品的确是很好吃，而且就像她真的吃过。但是鲁迅却非常不高兴，因为这种食品是他在日本吃的，而国内并没有这种食品。朱安也因此显得格外尴尬。

即便是在这样的情况下，朱安还是对鲁迅抱有一丝幻想的。她觉得自己虽然和鲁迅在思想上有差距，但是只要自己努力操持好家务，照顾好鲁迅的母亲，或许某一天，她就能真正走进鲁迅的心里。她曾劝慰自己：“我好比是一只蜗牛，从墙底一点一点往上爬，爬得虽慢，总有一天会爬到墙顶的。”

但是随后的一件事却打破了她的幻想。有一天晚上她忽然做了一个梦，梦见鲁迅领着一个孩子走到了她跟前。但是她却快快不乐，因为鲁迅从结婚到现在好几年都未曾和她圆房，又哪里会有孩子？

而那时的鲁迅已经和许广平在一起了，鲁迅的母亲对于鲁迅和许广平在一起是非常高兴的，她也早就盼望着自己的儿子能够让自己早日抱上孙子。但朱安的心里却是悲哀的，她喃喃叹道：“可是现在我没有办法了，我没有力气爬了，我对他再好也没有用……”

即便是一生和鲁迅形同陌路，朱安也从没有埋怨过他，到她老年的时候，她还曾常常对别人说：“周先生对我不坏，彼此间没有争吵。

许先生待我极好，她懂得我的想法……她的确是个好人。"

在这桩婚姻里，鲁迅是没有错的，他尽到了除感情之外的一切责任，而朱安亦是没有错的，只不过她嫁给了与她不在同一世界的人。在那样一个年代，新派的鲁迅，旧式的朱安，不可能走到一起，然而当时的社会残留的封建思想却不容朱安离开鲁迅，而她亦不愿离开。

鲁迅和朱安，这两个本应该好好享受幸福人生的年轻人，却因为那桩场错误的婚姻，而导致了痛苦的一生。

匆匆那年

1898 年 2 月，许广平出生在广东的一个士大夫家庭。许广平的祖父许应骙为清末名臣，官至礼部尚书，闽浙总督，曾与李鸿章等人同朝为官。许家传至许广平的父亲这一代开始家道中落，不过即便如此，许家在当地还是有着很大的名声。

广平的父亲性豪爽，好交游。广平的母亲是一个富商的女儿，知书达礼，工于诗词。因为父亲豪爽，所以朋友也多，但却也因此差点误了广平的终身大事。在广平出生三天后，父亲在外参加宴会，酒至三巡竟然和别人"碰杯为婚"，将女儿许给了一户姓马的士绅家。

辛亥革命之后，民众思想渐渐开化。许广平的大哥是个具有革命思想的人，因此常常给广平阅读一些宣扬新思想的刊物，广平深受影响。

1911 年，广平的母亲去世了，六年之后广平的父亲也病逝，这两件丧事一度让广平沉浸在悲伤中。但让她更为担忧的是，就在父亲去世后不久，马家便已经在当地放出要迎娶广平的话。马家在当地横行霸道，欺负乡民的事时有发生，广平亦有所耳闻，自然不愿嫁到马家。

此时的广平已接近双十年华，她急忙和从北京回到广东奔丧的二哥说了这件事。二哥平时对广平尤其疼爱，不愿见到广平难过，更不愿见到她一生都过得不快乐，因此和马家进行了交涉，不知经过怎样的周折，算是把这件事摆平了。

1917 年，广平进入了天津直隶第一女子师范学校预科，两年后适逢五四运动爆发，广平参加活动十分积极。在直隶女师，广平还结识了一位非常好的朋友常瑞麟，她的脾气和广平十分合得来，因此两人常常在一起交流。后来常瑞麟去了北平，就读于北京医学专门学校。

从直隶女师毕业之后，广平以优异的成绩考入了国立北京女子高等师范学校（1924 年改称"国立北京女子师范大学"）。在这里读书时，广平认识了自己的初恋李小辉。

李小辉来自广东，又是广平的表亲。本来他是打算去法国勤工俭学的，但是却因为错过了考期，于是便考进了北京大学。

"他乡遇故知"，这本来就是中国人认为的"人生四大喜事"之一，更何况两人还是表亲，李小辉又常常去女高师看望广平，所以两人的交流便频繁了起来。李小辉为人仗义豪爽，十分热情，再加上聪明好学，因此广平对他很有好感。而李小辉眼中的许广平知书达礼，性情温和，又十分俏皮，李小辉自然也十分喜欢她。

两个互有好感的年轻人，不可避免地在异乡越靠越近，最后终于相爱了。然而广平还未来得及细细品尝初恋的味道，她便病倒了。

1923 年春节到来之前，广平参加女高师同乐会的时候忽然感到喉咙疼，到好友常瑞麟就读的医专医务室去检查的时候却被诊断为扁桃腺炎，因此医专医务室的老师便只给她开了点消炎药。因为校医务室没有病房，广平便在常瑞麟家中住了下来，没想到广平却突然发起了高烧，而且喉咙疼痛急剧加重。

李小辉听到这个消息之后心急如焚，打听到了常瑞麟家的地址，并来探望了三次，第三次来的时候他还细心地为广平带来了西藏青果，说是可以治疗喉咙疼，此外，他也给自己准备了一点儿，因为那一段时间他自己也有点儿喉咙疼。

患病几天之后，广平的病情越来越重，最后竟已是到了病危的状态，常瑞麟的父亲急忙请来了医术精湛的外国医生。外国医生在经过检查后，诊断广平得了猩红热，并为她开了刀，从她肿胀的脖子处挤出了大量的脓液之后，又给广平开了很多药。

直到这时，广平的病情才算稳定了下来，在经过一段时间的休养之后，她开始慢慢康复了。这时，李小辉已经有一段时间没有过来看她了，因此她感到非常奇怪，问常瑞麟原因，但是常瑞麟的脸上却显出一丝痛苦的神色，不仅说话支支吾吾，就连眼神也躲躲闪闪。

广平心中咯噔一下，似乎觉得有些不对劲，赶紧追问。常瑞麟的脸上忽然显出难过的神情，她痛苦地告诉广平："小辉已经去世了。"

听到常瑞麟的话，广平猛地一呆，如遭晴天霹雳，半晌说不出话，只是眼泪却流了下来。直到这时她才了解到了事情的原委，原来李小辉在照顾她的时候不小心感染上了广平的病，治疗无效后便去世了。

李小辉的离世让广平陷入了长久的悲伤，直到十八年后她还曾在文中写道："到了第十八年纪念的今天，也许辉的家里早已忘了他罢？然而每到此时此际，霞的怆痛，就像那患骨节酸痛者的遇到节气一样，自然会敏感到记忆到的，因为它曾经摧毁了一个处女纯净的心，永远没有苏转。"

然而不论广平多么伤痛，时间终究是不等人的。一转眼，已到了萧瑟的秋天，北平西山上的红叶分外诱人。也就是在这时，鲁迅走进了广平的生活。

就在这年秋天，鲁迅应好友许寿裳之邀，到北京女子高等师范学校讲课，就是在这里，他和许广平相识了。

迅师和小鬼

很多年以后，广平还记得第一次见到鲁迅时的情景：

突然，一个黑影子投进教室来了，首先惹人注意的便是他那大约有两寸长的头发，粗而且硬，笔挺的竖立着，真当得"怒发冲冠"的一个"冲"字。一向以为这句话有点夸大，看到了这，也就恍然大悟了。褪色的暗绿夹袍，褪色的黑马褂，差不多打成一片。手弯上，衣身上许多补钉，则炫着异样的新鲜色彩，好似特制的花纹。皮鞋的四周也满是补钉。人又鹘落，常从讲坛跳上跳下，因此两膝盖的大补钉，也遮盖不住了。一句话说完：一团的黑。那补钉呢，就是黑夜的星星，特别熠眼耀人。小姐们哗笑了！

鲁迅穿着虽然简朴，但是他的课讲得极好，尤以中国小说史这门课程为甚。课上鲁迅常常旁征博引，善于吸引学生的注意力。

凡是他讲课，全班肃然，没有一个人逃课，也没有一个人在听讲之外去做别的事情，每次下课都有不少学生想要围着鲁迅请教，但是鲁迅却像一阵风似的，一下课便飘走了。

当时许广平所就读的女师高校长名叫杨荫榆，她在教学上是一位颇为独裁的人。1924年秋季开学，因为南方大水和江浙一带的战乱，许多学生逾期返校。杨荫榆对这一事件非常不满，严厉处置了几名学生，却对与自己关系较好的学生不闻不问，这一做法引起了包括广平在内的学生们的不满，由此爆发了"驱杨风潮"，学生们请求教育部更换校长，然而教育总长章士钊却强调整顿学风，公开支持杨荫榆。

学生们十分愤慨，亦十分迷茫。广平想到了自己尊敬的老师鲁迅，并以一个鲁迅的"小学生"的姿态写信向他请教，希望他能为自己解惑。

……苦闷之果是最难尝的，虽然食过苦果之后有点回甘，然而苦的成分太重了！……苦闷之不能免掉，或者如同疾病的不能免掉一般——除了毕生抱疾——但是疾病不是时时刻刻在身边的，而苦闷则总比爱人还来得亲切，总时刻地不招即来，挥之不去……现在的青年的确一日日的堕入九层地狱了！或者我也是其中之一。虽然每星期中一小时的领教，可以快心壮气，但是危险得很呀！……先生！你虽然平时是很果决的，但我现在希望你把果决的心意缓和一点，能够拯拔得一个灵魂就先拯拔一个！先生呀！他是如何的"惶急待命之至"！

　　鲁迅在收到广平的信件之后很快给她回了信，但是当她打开信件时却被她一向敬重的鲁迅先生吓了一大跳，因为鲁迅在这封信件的一开头便写了三个字"广平兄"。广平想：鲁迅是自己的恩师，而且他的年纪比自己大上不少，自己怎么敢当鲁迅先生的"兄"？

　　广平甚至怀疑鲁迅是在和自己开玩笑，她实在猜不透鲁迅所想，于是赶紧回了一封信给鲁迅，没想到过两日鲁迅又回信给她了，并且在信中耐心地向她解释了自己称广平为"兄"的原因。

　　这是我自己制定，沿用下来的例子，就是：旧日或近来所识的朋友，旧同学而至今还在来往的，直接听讲的学生，写信的时候我都称"兄"。其余较为生疏，较需客气的，就称先生，老爷，太太，少爷，小姐，大人……之类。总之我这"兄"字的意思，不过比直呼其名略胜一筹，并不如许叔重先生所说，真含有"老哥"的意义。

　　看到鲁迅详细地给自己解释了称自己为"兄"的原因，广平终于明白了是怎么回事，也感到十分兴奋，鲁迅只有在与老同学和自己的学生的通信中才称"兄"，广平感到自己与先生的距离似乎一下子拉近了很多。

　　似乎从给鲁迅写第一封信开始，两个人的通信便停不下来了。因为广平对于时局十分担忧，鲁迅便写信安慰她，偶尔也推荐一些杂志给她看。

在通信中，两个人渐渐消除了师生间的那种隔阂，关系越来越近了。广平甚至在给鲁迅的信中自称"小鬼许广平"，而鲁迅也认可了这一称呼。

通了一个月信之后，广平和几位同学一起拜访了鲁迅。并且见到了鲁迅的母亲和与他们同住在一起的朱安。回来之后，广平在给鲁迅的回信中娇俏地称："'秘密窝'居然探险过了！"并且随后将自己对鲁迅寓所的印象说了一番：有灯光柔婉，有沙沙的雨声，有清澈的月光，有秀丽挺拔的枣树……在信的末尾留下的还是"小鬼许广平"这个带着少女调皮的署名。

鲁迅在收到信之后，给许广平做了回复，并在信中笑着"批评"广平观察自己的房子不够精细，于是竟然在信中恶作剧般地加了一道试题："我所坐的有玻璃窗的房子的屋顶，似什么样子的？后园已经去过，应该可以看见这个，仰即答复可也！"

广平没想到一向严肃的鲁迅先生竟然会同自己恶作剧，去别人家拜访哪有去仔细观察别人家房顶的，她在信中带着少女的语调嗔道："考试尚未届期呢！本可抗不交卷，但是考试既然提前，那么现在的答案完了，到暑假时就可要求免试——如果不及格，自然甘心补考。"

在这句带着少女语调埋怨之后，广平就回答了鲁迅的问题："那'秘密窝'的屋顶大体是平平的，暗黑色的，这是和保存国粹一样，带有旧式的建筑法，在画学中美的研究，天——屋顶——是浅色的，地是深色的，如此才是适合……"

鲁迅没有料到与自己通信的小鬼竟然会观察自己的房屋这般仔细，他出的那道题所指的地方就不是平常人所能观察得到的，与自己通信的这位小鬼实在是聪明。

鲁迅更没有料到这个小鬼在回答了自己的问题之后，竟然还"胆大包天"地对自己"复仇"性地提出了一个问题："我们教室天花板的中央有点什么？如果答电灯，就连六分也不给，如果俟星期一临时预备夹带，然后交卷，那就更该处罚了！其实这题目甚平常而且熟习，不如探险那么生硬，该可不费力吧！敢请明教可也！"

鲁迅看完这个问题之后只得哑然失笑，这个小鬼不仅聪明，而且竟然还敢"欺负"老师。自己星期一上午才有课，而广平这封信最快也要星期一上午才能收得到，而自己最快中午才能回给她。但那时自己早已在教室上了一上午的课了，到时候不论自己的回答对不对，这个小鬼都有理由说自己"临时预备夹带"了。

一向睿智聪明，并且被别人尊敬的迅师，竟然在这个"小鬼"的手上吃了瘪，交了白卷。

愚兄和嫩弟

小鬼广平长期和迅师通信，常常会讨论一些当时社会的现实问题，有时候广平对时事有一些见解，鲁迅认为对的就支持，觉得有偏颇的就为她纠正，然而更多的时候却是鲁迅在为她疑答解惑。

在端午节这天，鲁迅特意请了女师大的一些学生吃饭，其中也包括广平。在饭桌上她们频频向鲁迅敬酒，鲁迅先生因为高兴，多喝了一点儿，于是鲁迅"以拳击'某籍'小姐两名之拳骨而止"又"按小鬼之头"，广平和女师大的同学们都以为鲁迅先生喝醉了，竟然都"逃"走了。

事后，广平曾经写信去询问鲁迅是否酒精中毒了，没想到鲁迅不仅否认了自己酒精中毒，更否认自己喝醉了。

第一，酒精中毒是能有的，但我并不中毒。即使中毒，也是自己的行为，与别人无干。且夫不佞年届半百，位居讲师，难道还会连喝酒多少的主见也没有，至于被小娃儿所激么?! 这是决不会的。第二，我并不受有何种"戒条"，我的母亲也并不禁止我喝酒。我到现在为止，真的醉只有一回半，决不会如此平和。

没想到广平对于鲁迅的申辩大笑：

老爷们想"自夸"酒量，岂知临阵败北，何必再"逞能"呢!? 这点酒量都失败，还说"喝酒我是不怕的"，羞不羞？我以为今后当摒诸酒门之外，因为无论如何辩护，那天总不能不说七八分的酒醉，其"不屈之精神"的表现，无非预留地步，免得又在小鬼前作第三……次之失败耳，哈哈。其谁欺，欺天乎。

此时的广平，在鲁迅面前简直成了一个顽劣的孩子。但凡男人都是不愿意承认自己的酒量差，尤其是在女士面前，而鲁迅亦不例外，只是这位小鬼竟对鲁迅毫不留情地揭穿了其自夸酒量的事实。并且还笑他大老爷们儿自夸酒量。

小鬼广平这一笑不要紧，反倒引起了迅师的"反击"。在端午节自己醉酒那件事上既然广平已经认定，那他便不再在这上面纠结。当时广平正有一篇稿件投到了鲁迅这里，即将刊发于鲁迅主编的《莽原》，因此鲁迅便从这方面下手。

广平仁兄大人阁下敬启者，前蒙投赠之大作，就要登出来，而我或将被作者暗暗咒骂。因为我连题目也已改换，而所以改换之故，则因为原题太觉怕人故也。收束处太没有力量，所以添了两句，想来亦未必与尊意背驰，但总而言之：殊为专擅。尚希曲予海涵，免施贵骂，勿露"勃谿"之技，暂羁"害马"之才，仍复源源投稿，以光敝报，不胜侥幸之至！

这信件一开头便有些令人啼笑皆非，一开头，鲁迅便将广平拔到了一个很高的地位，甚至一连用了一串敬词，仿佛广平是文坛前辈宿老，比鲁迅的学问还要高。不仅如此，他还笑称广平为"害马"，顿时让这信诙谐了起来。

"害马"这个名称其实来源于"驱杨风潮"，由于当时广平在这一事件中表现得十分积极，所以杨荫榆便指责广平是这一事件的"害群之马"。于是，"害马"便成了广平的外号，鲁迅亦常常这样称呼她，一来二去，广平也就认可了这一外号。

鲁迅写这封信的目的是为了"反击"嘲笑他酒量不行的广平，"害马"这个称呼不过是一小颗进攻的棋子罢了。在这封信的开头，鲁迅用一连串的敬词自然也只是个铺垫，他所用的其实是"欲抑先扬"的手法。在写完开头两段后，鲁迅随即开始真正的"反击"了。

　　至于大作所以常被登载者，实在因为《莽原》有些"闹饥荒"之故也，我所要多登的是议论，而寄来的偏多小说，诗……呜呼，头痛极了！所以倘有近于议论的文章，即易于登出，夫岂"骗小孩"云乎哉！又，新做文章的人，在我所编的报上，也比较的易于登出，此则颇有"骗小孩"之嫌疑者也。但若做得稍久，该有更进步之成绩，而偏又偷懒，有敷衍之意，则我要加以猛烈之打击。小心些罢！

　　看了鲁迅写来的信之后，广平脸颊上露出一丝微笑，不仅不以为意，反倒将自己这位"嫩弟"写给自己的敬词完全接下了，而且她还以"愚兄"的口气煞有介事地给鲁迅写了一封回信。

　　嫩弟手足：披读七·九日来札，且喜且慰。缘愚兄忝识之无，究疏大义，谬蒙齿录，惭感莫名。前者数呈贱作，原非好意，盖目下人心趋古。好名之士，层出不穷。愚兄风头有心，而出发无术，倘无援引，不克益彰。若不"改换"，当遗笑柄，我嫩弟手足情深恐遭牵累，引己饥之怀，行举斧之便，如当九泉，定思粉骨之报，幸生人世，且致嘉奖之词，至如"专擅"云云，只准限于文稿，其他事项，自有愚兄主张，一切毋得滥为妄作，否则"家规"犹在，绝不宽容也。

面对鲁迅"反击"性的来信，广平不仅毫无畏惧退缩的姿态，在信中甚至将"愚兄"这个身份演绎得惟妙惟肖，她不仅表示理解鲁迅改动自己文章的初衷，而且还表示日后若有文章鲁迅也可酌情修改，但是却也仅限于自己的文章，若是其他的事项，广平这"愚兄"怕是要"家法"伺候了。

此时的广平和鲁迅，不仅通信毫无师生之间的隔阂与陌生，反倒越来越像一家人了，广平甚至还提出了这莫须有的"家法"，佯装一旦鲁迅不听话就要用此"伺候"他。

扬言要用"家法"伺候鲁迅的广平面对鲁迅寄来的"反击信"自然不会就此善罢甘休，在这封信的第二段，她还好好敲打敲打了这位不甚听话的嫩弟。

嫩弟近来似因娇纵过甚，咄咄逼人，大有不恭之状以对愚兄者，须知"暂羁""勿露"……之口吻，殊非下之对上所宜出诸者，姑念初次，且属年嫩，以后一日三秋则长成甚速，决不许故态复萌也，戒之念之。

鲁迅的年龄长于广平，这样的信应该是鲁迅写给她的才对。只不过广平此时却将身份倒了过来，以"愚兄"的口气教育起"嫩弟"来。这还不算，她甚至连"娇纵过甚"、"咄咄逼人"这两个本应该用在她身上的词都用在了鲁迅身上，让人读来颇为忍俊不禁。

在这封信之后，广平又谈到了她最近看了罗素写的关于中国社会的著作《中国之问题》，并且从上面抄下来一些话，谈了一些自己的意见，然后又将信给鲁迅寄了过去。

没想到广平的这个举动却让身份一直处于"嫩弟"的鲁迅抓到了把柄，他急忙从《京报》上剪下了一小块，并取名《京报的话》贴在了信中，然后教育道：

"愚兄"呀！我还没有将我的模范文教给你，你居然先已发明了么？你不能暂停"害群"的事业，自己做一点么？你竟如此偷懒么？你一定要我用"教鞭"么？！

看了鲁迅的来信，广平毫不发怵，在信的开头便直接指出鲁迅的日期写错了，然后又指出鲁迅从《京报》上剪下的那块剪报十分杂乱，上面都是些"书报"、"声明"、"招租"之类的广告，说自己看得莫名其妙，甚至怀疑这就是鲁迅特意恶作剧。至于鲁迅所提出的"教鞭"处罚，广平则很聪明地引出了一段故事。

记得我在家读书时，先生用"鞭作教刑"的时候，我的一个哥哥就和先生相对的围住书桌子乱转，先生要伸长手将鞭打下来时，他就蹲下，终于挨不着打，如果嫩棣"犯上作乱"的用起"教鞭"，愚兄只得"师古"了。此告不怕！

广平在这封信中还针对鲁迅从《京报》上剪下那张纸片的恶作剧行为说了一句话："嫩棣棣之恶作剧，未免淘气之甚矣。"但广平没有想到，一向严肃的大男人鲁迅竟然恶作剧上瘾了，不久之后给她写了一封别开生面的信。

第一章"嫩棣棣"之特征。

1. 头发不会短至二寸以下，或梳得很光，或炮得蓬蓬松松。

2. 有雪花膏在于面上。

3. 穿莫名其妙之材料(只有她们和店铺和裁缝知道那些麻烦名目)之衣；或则有绣花衫一件藏在箱子里，但于端节偶一用之。

4. 嚷；哭……(未完)

第二章论"七·一六"之不误。

"七·一六"就是今天，照"未来派"写法，丝毫不错。"愚兄"如执迷于俗中通行之月份牌，可以将那封信算作今天收到就是。

……

第五章"师古"无用。

我这回的"教鞭"，系特别定做，是一木棒，端有一绳，略仿马鞭格式，为专打"害群之马"之用。即使蹲在桌后，绳子也会弯过去，虽师法"哥哥"，亦属完全无效，岂不懿欤！

第六章"模范文"之分数。

拟给九十分，其中给你五分：抄工三分，末尾的几句议论二分。其余的八十五分，都给罗素。

第七章"不知是我好疑呢？还是许多有可以令人发疑的原因呢？"(这题目长极了！)

答曰："许多有可以令人发疑的原因"呀！且夫世间以他人之文，

冒为己作而告人者，比比然也。我常遇之，非一次矣。改"平"为"萍"，尚半冒也。虽曰可矣，奈之何哉？以及"补白"，由它去罢。

第九章结论。

肃此布复顺颂

嚷祉。

第十章署名。

鲁迅。

第十一章时候。

中华民国十四年七月十六日下午七点二十五分八秒半。

这封信从文体上来说多少有些形似论文，不过其中的内容却着实有些恶搞，鲁迅不仅在这封特别的信中将广平的话一一驳回，而且还笑着给广平打了分数，虽然得分高达 90 分，但是其中 85 分都给了罗素，而广平真正得到的不过 5 分而已。

在这封信的末尾，鲁迅甚至将时间精确到了"七点二十五分八秒半"，而在其后给广平的信里，他却又在末尾写下了"七月二十九或三十日，随便。"两者一对比，就显得有些滑稽了。

一向严肃的鲁迅，竟在和广平的交往中渐渐变成了一个可爱的男人。

情到深处自然浓

以"嫩弟"和"愚兄"相互称呼的鲁迅和广平，在信件的交往中，渐渐抛却了师生精神上的隔阂，关系也日渐亲近了起来，而女师大事件，则让他们抛却了空间上的隔阂，慢慢走到了一起。

女师大期间，广平对于杨荫榆"独裁家长制"式的做法十分不满，而她亦是与杨荫榆对立的女师大学生自治会的总干事，因此常常和刘和珍等自治会成员与杨荫榆针锋相对。

当时广平已经开始了和鲁迅的通信，在得到了鲁迅的支持后感觉后背坚实了不少，因此并不惧怕杨荫榆的独裁，频频对她抨击。这样的情况杨荫榆自然是不愿看见的，她随即找了个理由将广平还有刘和珍等 6 名学生自治会成员开除了。

而鲁迅则在"女师大事件"发生之后写了《寡妇主义》《"碰壁"之后》《并非闲话》《我的"籍"与"系"》等一系列文章来抨击杨荫榆的"寡妇主义"教育，并称她是"一广有羽翼的校长"。因为杨荫榆十分得北洋政府的支持，鲁迅在写下这些文章之后甚至被解除了他在教育部的职务。

广平在被学校开除之后，无处可去，她家远在广东，因此亦无地可居；于是鲁迅便将她安排到自己家中居住，同时他也为广平安排了一份职务——自己的助手。每日广平所要做的事就是帮鲁迅誊抄和勘定稿件。

广平抄稿件非常认真，速度也非常快，有时候甚至一天能抄一万多字，但有时却累得不行。

见到广平劳累的样子，鲁迅也非常心疼，有一回鲁迅从外面回到家中，看见广平还在伏案抄写，鲁迅忽然忍不住握住了广平的手说："你抄得太辛苦了。"

广平先是一愣，随即感觉到他手心里的温暖，顿时有些感动了。广平作为一个情感细腻而敏锐的女子，自然是感觉到了鲁迅对她的感情恐怕已经超出了师生或者朋友的感情了。

其实广平对鲁迅的感情又何尝不是早已超越了师生感情呢？鲁迅的睿智，鲁迅的机敏，鲁迅的正直，鲁迅对学生的爱护，鲁迅对青年的提拔，甚至是鲁迅与自己通信时候的调皮……这一切，都让广平敬佩、仰望、喜欢……

两个人走到这一步，几乎已经形同情侣了，只是差一句表达而已。但是偏偏只有这一句表达，鲁迅却说不出来。然而他并未料到，站在自己面前这个敢于在信中取笑老师、敢于同"独裁"校长作对的女学生又如何不敢表达自己隐藏的情感。

在察觉到了鲁迅情感的变化之后，广平立即向他表明了自己的心意，然而在报纸上直呼"敢于直面惨淡的人生，敢于正视淋漓的鲜血"的猛士鲁迅，却在广平这个小鬼面前退缩了。

虽然自己的心早已挂在广平那里了，可是他却不得不考虑一系列的问题。自己是已经结婚了的，虽然与朱安只有一个夫妻的名分，可是那个名分终究还是在那里的，而且母亲明显极为爱护朱安。一旦自己接受了广平的感情，那她该如何自处？该如何面对朱安？该如何处理与朱安的关系？甚至是假如母亲因为爱护朱安和她发生了冲突，那时又该怎么办？自己和广平年龄相差18岁，到时候在一起了，别人会怎么看广平，会怎么看自己，自己会不会害了她一生。

鲁迅想了太多，但是感情一旦发生了，就像燎原星火，便再也不可能被扑灭了，广平爱鲁迅爱得真诚，她甚至不惜在鲁迅主编的报纸上发表了《同行者》一文，称她深爱着的鲁迅"以热烈的爱、伟大的工作给人类以光和力"，使"将来的世界璀璨而辉煌"，并表示她将不畏惧人世间的冷漠、压迫，不畏惧旧社会卫道者的猛烈袭击，与鲁迅携手同行，一心一意地向着爱的方向奔驰。

广平的热情，终于打动了已将心冰封多年的鲁迅，他对许广平说："你战胜了。"这位从不愿在敌人面前低头，以笔为刀的战士，终于在广平这个小鬼面前宣告了自己的投降。

广平甚至欢呼着写了一篇《风子是我的爱》来展现自己的兴奋与快乐：

……偌大的风子，当我是小孩子的风子，竟至于被我战胜了吗？从前它看我是小孩子的耻辱，如今洗刷了！这许算是战胜了吧！不禁微微报以一笑。

它——风子——承认我战胜了！甘于做我的俘虏了！即使风子有它自己的伟大，有它自己的地位，藐小的我既然蒙它殷殷握手，不自量也罢！不相当也罢！同类也罢！异类也罢！合法也罢！不合法也罢！这都于我们不相干，于你们无关系，总之，风子是我的爱……呀！风子。

爱情骑士

有人说鲁迅后十年的创作量比前二十年加起来还要多，这个成绩有一部分要归于许广平。是的，广平就像一汪清泉，流进了鲁迅早已干涸多年的如同沙漠一般的心里。她不仅给了鲁迅一个幸福的家庭，也给了鲁迅在心灵上的慰藉，甚至给他带了创作灵感。在他们在一起之后没几天，鲁迅就完成了他唯一的一篇婚恋的小说《伤逝》。

1926 年 9 月，鲁迅和广平离开了北平的家，乘火车抵达上海。第二天，他们又各自乘坐"新宁"和"广大"号轮船分别前往厦门和广州。

鲁迅此次出行，是受林语堂邀请前往厦门大学执教的，而广平则是回故乡。在他们分别之前，鲁迅曾和广平约定：大家好好地为社会服务两年，一方面为事业，一方面也为自己生活积聚点必需的钱。但是广平一上船，便忍不住自己对鲁迅的思念，写信对他说："临行之预约时间，我或者不能守住，要反抗的。"

而鲁迅亦是如此，刚刚抵达厦门，把自己的住处安顿好，当天夜里便开始给广平写信。

......

我在船上时，看见后面有一只轮船，总是不远不近地走着，我疑心是广大。不知你在船中，可看见前面有一只船否？倘看见，那我所悬拟的便不错了。

此地背山面海．风景佳绝，白天虽暖——约八十七八度——夜却凉。四面几无人家，离市面约有十里，要静养倒好的。普通的东西，亦不易买。听差懒极，不会做事也不肯做事，邮政也懒极，星期六下午及星期日都不办事。

这封信虽然是在抵达厦门后写的，可思念只怕从上船便开始了吧。鲁迅站在船上，内心竟忍不住去猜想跟在自己乘坐的这条船后面的会不会是广平乘坐的船。不仅如此，一向简捷果敢的鲁迅，开始如同女人一样向广平婆婆妈妈地介绍自己住的地方以及自己周边的环境。

在这封信之后的几封信里，鲁迅偶尔提过一句希望教书"合同的年限早满"，但是这句话却引起了广平的极大关心，她立即给鲁迅写了回信。

你为什么希望"合同的年限早满"呢？你是感觉着诸多不习惯，又不懂话，起居饮食不便么？如果的确对身子不好，甚至有妨健康，则不如失约，辞去的好。然而，你不是要"去做工"吗？你这样的不安，那怎么可以安心做工！你有更好的方法解决没有？或者要我帮助的地方亦不妨通知，从长讨论。

此时的广平，对鲁迅已然关心到了极致，鲁迅只在信中随口说了一句希望"合同的年限早满"便引起了广平的担忧。他是不是因为语言不通不开心了？是不是吃住不方便？是不是不适应厦门的环境？广平甚至劝鲁迅假如觉得不习惯便将工作辞了。

有时候，爱上一个人，便是关心他的一切。

鲁迅在适应了厦门的气候之后，生活终于安稳了下来。与广平的通信，也非常频繁，虽然两个人所谈的事大多是生活琐事，但是却依然乐此不疲。

厦门天气渐渐转凉的时候，鲁迅又给广平写了一封信。

明天是季刊交稿的日期，所以昨夜我写信一张后，即动手做文章，别的东西不想动手研究了，便将先前弄过的东西东抄西撮，到半夜，今天一上半天，做好了，有四千字，并不吃力，从此就预备玩几天；默念着一个某君，尤其是独坐在电灯下，窗外大风呼呼的时候。

信中的鲁迅显然是想极了广平，到季刊交稿的时候也只西拼东凑写了一些东西，而其余的时间便只是在大风呼呼的时候安静地想广平去了。

对于鲁迅不想写文章的状态，广平自然是理解的，一个人独处厦门，每天又要面对繁重的课业，而且周边的环境也不如北京那般熟悉，又怎么会不疲倦？广平随即写了回信。

你也孩气十足，所以我虽然困倦，也欢喜写几句话，但以后或多隔几日写信……稍闲即复，不须挂念，要说的话大约够了，先暂"带住"。

按年龄来讲，本应该是鲁迅照顾广平，并将广平看作孩子的，可此时的情形却完全反了过来。也许是出于女性身上天生所附带的那种母性情怀，鲁迅在广平的眼里，如今却孩子气十足了。

天气越来越冷了，鲁迅亦在信中提到了天气变化的事，广平看到之后，便亲手为他织了一件藏青色的毛衣，并寄了过去。鲁迅看收广平寄来的毛衣之后，自是非常高兴，写信给广平说："包裹已经取来了，背心已穿在小衫外，很暖，我看这样就可以过冬，无需棉袍了。"

广平则关切道："穿背心，冷了还是要加棉袍。"

时间一天天流逝，鲁迅和许广平之间的感情越来越深。但是鲁迅和广平的爱情之路却也不是一帆风顺的，他也曾遭遇过情敌。

鲁迅的这个情敌名叫高长虹，1898 年生于山西，和鲁迅一样，他也是一名作家，同时也是鲁迅创办的莽原社的重要成员之一，只不过没有鲁迅知名。情敌自然不是突然间出现的，他是在鲁迅到厦大任教之后才开始对鲁迅猛烈发难的。

事情还得从 1925 年说起，这年 3 月，高长虹的《精神与爱的女神》出版，许广平写信给他表示很欣赏他的作品，并附上了邮票要购买他的书。高长虹看罢之后非常高兴，便开始了和许广平的通信，在短短的两个月里，他们竟一共通信八封。

通过这些信件，高长虹觉得广平是个不错的女孩子，并且心生爱慕，但是他没有料到，广平喜欢上的是鲁迅，因为他和鲁迅与广平通信的时间都差不多，高长虹便认为鲁迅是横刀夺爱。从 1926 年 10 月开始，他便发表了大量的文章来攻击鲁迅。在一首诗中，他把自己比作太阳，把广平比作月亮，而把鲁迅比作黑夜。并且向鲁迅骂道："月儿我交给他了，我交给夜去消受。夜是阴冷黑暗。"

但是身为当时文坛知名人物，从不畏惧任何笔战，只在小鬼广平面前低过头的鲁迅又岂会惧怕高长虹。一方面，他在给朋友韦素园的信中宣称"我从此倒要细心研究他究竟是怎样的梦，或者简直要动手撕碎它，使他更其痛哭流涕。只要我敢于捣乱，什么'太阳'之类都不行的。"另一方面，他写信给广平，并将这件事说给了她听。

《狂飙》上有一首诗，太阳是自比，我是夜，月是她。我这才明白高长虹原来在害"单相思病"，以及川流不息到我这里来的原因，他并不是为"莽原"，却在等月亮。但对我竟毫不表示一些敌对的态度，直待我到了厦门，才从背后骂得我一个莫名其妙，真是卑怯得可以。我是夜，则当然要有月亮了，还要做什么诗，也低能得很。

之后，鲁迅又在报纸上发表了《〈走到出版界〉的"战略"》和《新的世故》等文，一枪将高长虹挑下战马。

在爱情的国度里，鲁迅决不允许敌人入侵自己的领地。

无情未必真豪杰，怜子如何不丈夫

鲁迅和广平的事，终于传到了朱安的耳中，但是朱安却格外镇定，对于这件事，她早已猜到，甚至已经有了心理准备。女性终究是敏感的，当一个女人见到丈夫和另一个女人常常待在一起，她又如何会不明白他们之间的感情，即便这个男人只是她名义上的丈夫。

朱安是深爱着鲁迅的，但是她也希望鲁迅幸福，因此这个曾经以蜗牛自喻，觉得自己有一天会走进鲁迅心里的女人，终究还是接纳了广平。

1927 年，鲁迅和广平来到了上海，并在这里组建了他们的家。幸福的日子也渐渐开始。

广平照顾着鲁迅的生活起居，关心着他的健康状况。而鲁迅则全力进行文学创作。累了的时候，两个人就会安静地坐在一起，握着彼此的手，看着上海车水马龙的街道上的人生百态。

在夜晚写作的时候，鲁迅常常会点上一支烟，偶尔还会咳嗽，这时的广平偶尔亦会让他少抽，不过他却讪讪一笑，这样一来，倒让广平有些不好意思说他了。

不久之后，广平怀孕了。时值乱世，鲁迅写的东西又大多批评时政，因此鲁迅的处境并不是非常安全。他们原本并没有要孩子的打算，但是现在突然怀上了，鲁迅自然非常高兴。

就在这个时候，鲁迅的母亲却突然病了，鲁迅不得不北上前往北京照看，而广平则留在了上海。但就是在这短暂的时光中，他们竟写了二十一封信，而且两人之间还多了"小白象"和"小刺猬"这样亲昵的称呼。

鲁迅才离开上海不久，广平就开始给鲁迅写信了。

小白象，今天是你头一天自从我们同住后离别的第一次，现时是下午六点半，查查铁路行车时刻表，你已经从浦口动身开车半小时了，想起你一个人在车上，一本文法书不能整天捧在手里，放开的时候，就会空想，想些什么呢？复杂之中，首先必以为小刺猬在那块不晓得怎样过着，种种幻想，不如由我实说罢。

字里行间，全是广平的思念，闲来无事的她竟然查了鲁迅的火车时刻表，看他已经行到了哪里。

对于广平来信，鲁迅自然是立即做了回复。他像个孩子一般报告了自己现在的位置，而且还在信中称广平为"乖姑"和"小刺猬"，想着她究竟睡了没有，希望她照顾好自己。

乖姑！小刺猬！在沪宁车上，总算得了一个坐位……不但已出江苏境，并且通过了安徽界蚌埠，到山东界了。不知道刺猬可能如此大睡，我怕她鼻子冻冷，不能这样。我不知乖姑睡了没有？我觉得她一定还未睡着，以为我正在大谈三年来的经历了。其实并未大谈，我现在只望乖姑要乖，保养自己，我也当平心和气，度过预定的时光，不使小刺猬忧虑。

鲁迅的信，广平很快便收到了，她的回复信件，也似乎被蜂蜜浸过一般，一字一句，无不透露着甜蜜。

你的乖姑甚乖，这是敢担保的，她的乖处就在听话，小心体谅小白象的心，自己好好保养，也肯花些钱买东西吃，也并不整天在外面飞来飞去，也不叫身体过劳，好好地，好好地保养自己，养得壮壮的，等小白象回来高兴，而且更有精神陪他。他一定也要好好保养自己，平心和气，度过预定的时光，切不可越加瘦损，已经来往跋涉，路途辛苦，再劳心苦虑，病起来怎样得了！

小白象和小刺猬，这两个亲密爱人，才分别了几天，便已经开始憧憬着度过他们相互约定的时间后的见面。有时候，爱情便有如此魔力，让人沉溺其中，欲罢不能。

1929 年 9 月 27 日，鲁迅和广平的孩子降生了，因为这孩子是在上海出生的，于是鲁迅便为他取名海婴。

因为将近五十岁才做父亲，所以鲁迅对海婴格外疼爱，他一改从前冷漠的态度，凡是有朋友到家中来，他便会将海婴抱出来给大家看一看。

鲁迅不喜欢猫是出了名的，因为写作时，猫的叫声总会打断他的思绪，有时他会用自己的空香烟罐做炮弹，扔出去赶赶猫，而海婴则机灵地在父亲将空香烟罐扔出去之后捡回来。

因为有了海婴，家里的欢笑便多了起来，然而这欢笑却并没有持续多久。

1936年10月19日这一天，上海初冬的早晨已然十分寒冷了，一个消息忽然震惊了整个上海——鲁迅先生去世了。

这个消息在被传出之后迅速流传遍了全国各地。身在上海的各界名流出席了鲁迅先生的追悼会，他们要送鲁迅先生最后一程，不在上海却关心着鲁迅身体健康的人们，也在通过各种方式来到上海，想要送鲁迅一程。

整个上海弥漫着一股悲伤的气氛，虽然与鲁迅相熟的人都已知道鲁迅的身体状况近些年来不算太好，但没想到鲁迅竟然走得这样快。

鲁迅的追悼会开始后，大家脸色黯然，沉默不语，一一到鲁迅的跟前祭拜。参加这场追悼会的人数多达一万人，更有无数名流为鲁迅先生写下挽联。

郭沫若的挽词是："方悬四月，叠坠双星，东亚西欧同殒泪；钦诵二心，憾无一面，南天北地遍招魂。"

美国作家斯诺与中国剧作家姚克合写的挽联是："译著尚未成书，惊闻殒星，中国何人领呐喊；先生已经作古，痛忆旧雨，文坛从此感彷徨。"

而广平，此时抱着海婴早就哭成了一个泪人，但在悲伤中，她还是为鲁迅写下了一首挽词。

悲哀的氛围笼罩了一切，

我们对你的死，

有什么话说!

你曾对我说:

"我好像一只牛。

吃的是草,

挤出的是牛奶,血。"

你不晓得,

什么是休息,

什么是娱乐。

工作,工作!

死的前一日还在执笔。

如今……希望我们大众

锲而不舍,跟着你的足迹。

此后的半生,广平没有再嫁,只在这寂寂流年中整理着鲁迅的作品,跟随着鲁迅的脚步前行。

第十四辑

他生莫作有情痴，人间无地著相思

——朱自清和陈竹隐

　　1932 年 7 月 31 日，上海黄浦江上如同往日一样笼罩着一层淡淡的薄雾，码头上的工人也照旧忙碌着。忽然，一声悠长的汽笛声响起，码头工人在罅隙间抬头向江面下意识地望了望，然后又低下了头继续干活。

　　不多时，一艘来自意大利的名为"拉索伯爵"号的远洋客轮如同一柄利剑推开波浪，向码头渐渐靠拢。在这艘船的甲板上，站着一个中年男子，他穿着米色的西装，戴着金丝边眼镜，儒雅的气质似天生般，让人忍不住在内心赞叹。

　　码头上站着许多人，他们大多是等待亲友归来的，目光在船上不停地扫来扫去，希望可以在人群中发现自己的亲友。而站在船上的人们也向码头上张望着，希望能看见那个等待自己的人。这个中年人亦不例外，他站在甲板上的人群中，目光向码头上游移着，也希望见到正在等他的那个人。

这个中年男子，是刚刚从欧洲游学回来的朱自清，而他希望见到的那个人，是他钟爱的陈竹隐。

朱自清是文坛名家。

陈竹隐是书中才女。

这两个人的爱情，感动着一代又一代人。

旧式爱情，润物无声

在陈竹隐出现在朱自清的生命中之前，他的生命中还曾有过一个女人，并且他深爱着她。

朱自清是朱家的长房长孙，按照中国的宗族规定，他从小便肩负着传宗接代、延续香火的使命。在他刚刚十岁时，家中的长辈们便开始为他张罗婚事了。不久之后，长辈们便给找了一个对象，这个人名叫武钟谦。

武钟谦，1898 年出生在扬州的一个大户人家，她的父亲武威三是扬州名医，只有她这一个女儿，因此从小便被父母视为掌上明珠，过着大小姐的生活。

家里人物色到对象之后，便为朱自清和武钟谦订了婚，当时朱自清只有十四岁，年纪尚幼，因此对这些事情并不关心，对于家中的安排，他并没有提出什么意见。

订婚之后，朱自清前往江苏省立第八中学学习。在学校学习的朱自清非常努力，成绩也十分优秀。1916年夏天，朱自清在中学毕业之后，以优异成绩考入了北京大学预科。

朱自清以自己的刻苦和努力一跃龙门的消息很快便传回了家中，家中在一阵欢喜之后，又急忙催促朱自清回扬州，让他和武钟谦结婚。直到这时，他才第一次和武钟谦见面。

朱自清眼前的这个女子，眉眼如画，秀发如缎，一颦一笑间，尽是缱绻温柔，让朱自清不由得从内心喜欢起来。而武钟谦见到朱自清的时候，也被他身上的那股书生气质所吸引了。她在这一瞬便已认定他就是自己要一生相伴的人。

1916年12月15日，朱自清在扬州琼花观街朱宅内与武钟谦女士完婚。结婚的那一天，双方亲友尽皆到场，两人按照中国传统婚礼的仪式拜天地，敬高堂，入洞房。

结婚之后，朱自清和武钟谦度过了大概半个月的蜜月时间，这时候北京大学就快要开学了，朱自清恋恋不舍地告别了心爱的妻子，乘上了北去的列车。

到北京后，朱自清整日泡在图书馆中读书，不问世事。后来"五四运动"爆发，朱自清又积极投身运动，并参加了北大学生为传播新思想而组织的平民教育讲演团。与此同时，朱自清也开始了文学创作。

就在这时，朱自清的父亲朱鸿钧被迫卸任了，家里的经济一下子拮据了起来，朱家的生活过得十分艰难，有时候甚至要依靠典当家中物品来度日。

武钟谦还未出阁的时候，武家的人无不将她当作宝贝一样看着，什么事都舍不得让她操劳。至于钱财，更是不用武钟谦操心，身为扬州名医的父亲，又岂会在这方面对这个独女拮据。但此时的武钟谦，不仅要操持家务，家中用度，事无巨细，皆要她来操心，她一下子变得忧心起来。

朱鸿钧被迫卸任之后，脾气变得异常暴躁，总是像火药桶一般，但凡有一点儿事情便会猛然爆炸。家里的氛围也因此变得沉寂起来，众人都怕惹怒了这位一家之长。但朱鸿钧实在过于严苛，有时候武钟谦只是笑一笑，朱鸿钧便会大发脾气。

武钟谦自小接触的便是传统礼教，对公公自然是不敢顶嘴，而她为了让朱自清能放宽心、不为这些事烦忧，也没有将这些事告诉他。只是一个人默默地承受着，将泪水深深埋在心底。这样的日子一久，武钟谦便再也不敢笑了，性情也变得忧郁起来，人也更加憔悴了。从前那个笑容明媚，温婉如水的姑娘，也不知道哪里去了。

朱自清看着日渐瘦削，形销骨立的武钟谦，自是无比心疼，但是问她原因她却又不说，朱自清只得独自神伤。

婚后的第二年，武钟谦便为朱自清生下了第一个孩子，朱自清为他取名为"迈先"，并给他取了个小名"九儿"，有时候也称呼他"阿九"。1919年2月，朱自清在闲暇时看到了同学手中的一张外国画片，上面是一位正在哄孩子入睡的母亲，正眼含温柔地爱抚着自己的孩子，朱自清看后突然觉得很震憾，那位母亲的深情，如同一个旋涡，让朱自清沉迷其中。他又忽然想起了正在老家的武钟谦，此时的她，不知道是否也正如这画上的母亲一样正在安抚着九儿呢？想着想着，他拿起了笔，并开始在纸上写诗。

"睡吧，小小的人。"

明明的月照着，

微微的风吹着——一阵阵花香，

睡魔和我们靠着。

"睡吧，小小的人。"

你满头的金发蓬蓬地覆着，

你碧绿的双瞳微微地露着，

你呼吸着生命的呼吸。

呀，你浸在月光里了，

光明的孩子，——爱之神！

"睡吧，小小的人。"

夜底光，

花底香，

母底爱，

稳稳地笼罩着你。

你静静地躺在自然底摇篮里，

什么恶魔敢来扰你！

"睡吧，小小的人。"

我们睡吧，

睡在上帝的怀里：

他张开慈爱的两臂，

搂着我们；

他光明的唇，

吻着我们；

我们安心睡吧，

睡在他的怀里。

"睡吧，小小的人。"

明明的月照着，

微微的风吹着——一阵阵花香，

睡魔和我们靠着。

在这一年的 12 月，朱自清的这首白话诗处女作以《睡吧，小小的人》为名，发表在上海《时事新报》的副刊《学灯》上，朱自清用这首安静而温柔的诗，迈进了文学世界的大门。

1920 年，朱自清修满全部课程，提前从北大哲学系毕业，并在杭州第一师范担任教学主任，能够给家里提供一些帮助了，武钟谦的境遇也相对好些。但是这时，朱自清和父亲的关系却越来越差了，朱自清是经过五四新思想洗礼的人，而他父亲又是个十分封建的人，因此二者便不可避免地发生了冲突，随着时间的日积月累，这冲突也越来越烈。

1922 年 9 月，朱自清前往台州任教。此时武钟谦已经为朱自清生下第二个孩子，因为这孩子是个女儿，于是朱自清便为她取名"采芷"。此时的朱自清再也忍不住对武钟谦的思念了，他将武钟谦和两个孩子接到了自己身边。因为这件事，他不惜和父亲决裂，而朱鸿钧也扬言不准朱自清一家再进门。

在台州的生活是朱自清与武钟谦爱情里最欢乐的一段日子。虽然每天的工作很繁重，甚至常常工作到凌晨，但是朱自清却感觉十分快乐。朱自清早上出门上课，无论风雨，武钟谦都会看着朱自清的身影渐渐消失在自己的视线里。有时朱自清的好友来访，武钟谦就会亲手泡上一壶茶，让他们相对而谈；有时一家人坐在一起，即便什么都不做，那也是幸福的。

朱自清在《冬天》里这样深情写道："外边虽老是冬天，家里却老是春天。有一回我上街去，回来的时候，楼下橱窗开着，并排地挨着他们母子三个，三张脸都带着天真的微笑向着我。似乎台州是空空的，只有我们四个人；天地是空空的，也只有我们四个人。"

其后的几年，虽然朱自清仍然带着一家人在各地辗转，但是却也是幸福的。这几年，武钟谦又为朱自清生下了三个孩子，日子也越发艰难起来。

1928 年，武钟谦生下小六儿，身子骨十分虚弱，就在这时，她忽然天天发烧了，一开始她怕影响朱自清的工作，并没有放在心上，但是不久之后情况越来越严重，朱自清也发现了不对劲，急忙带她到医院去检查，检查的结果下吓他一跳，原来武钟谦的肺部此时已经烂了一个大窟窿。

医生劝武钟谦在西山疗养，可是武钟谦却并不愿意，一来她放不下六个孩子，二来朱自清此时的经济算不上宽裕。随着时间的流逝，武钟谦的身体也愈来愈差了。

翌年 10 月，武钟谦带着孩子回扬州，在临行前，武钟谦忽然泪眼婆娑地对朱自清说："还不知道能不能再见面。"朱自清心中也感到很担忧，但是嘴上却还在宽慰她。

世事有时真的不尽人意，在回到扬州后一个月左右，武钟谦便不舍地抛下了她深爱的朱自清和六个孩子，永远地离开了这个世界。在清华教书的朱自清听到这个消息之后当即昏倒在地，住进医院，竟无法回去奔丧，直到出院之后，他这才回到了扬州。

　　朱自清和武钟谦的爱情，没有风花雪月，没有花前月下，有的只不过是如春雨般的点点滴滴，浸润着那个年代干涩发苦的生活。武钟谦死后三年，朱自清还曾为她写下过那篇著名的《给亡妇》。那篇文章如同落日照晚林时溪中流淌着的溪水，如同月明星稀之夜山间的清风，没有什么震撼人心的惊涛巨浪，亦没有什么怒吼狂啸，只是平平淡淡，简简单单，但是却让所有读了的人都感动莫名。

　　你的短短的十二年结婚生活，有十一年耗费在孩子们身上；而你一点不厌倦，有多少力量用多少，一直到自己毁灭为止。你对孩子一般儿爱，不问男的女的，大的小的。也不想到什么"养儿防老，积谷防饥"，只拼命的爱去……你病重的时候最放不下的还是孩子。病的只剩皮包着骨头了，总不信自己不会好；老说："我死了，这一大群孩子可苦了。"后来说送你回家，你想着可以看见迈儿和转子，也愿意；你万不想到会一走不返的。我送车的时候，你忍不住哭了，说："还不知能不能再见？"可怜，你的心我知道，你满想着好好儿带着六个孩子回来见我的。谦，你那时一定这样想，一定的。

绿林竹隐

自武钟谦去世之后，朱自清一直带着六个孩子独居。内心十分煎熬，每日眼前掠过的似乎都是武钟谦的身影，他发誓不再续娶，并且还写下了长诗《悼亡》。

名园去岁共春游，儿女酣嬉兴不休。

饲象弄猴劳往复，寻芳选胜与勾留。

今年身已成孤客，千里魂应忆旧俦。

三尺新坟何处是？西郊车马似川流。

世事纷拏新旧历，兹辰设悦忆年年。

浮生卅载忧销骨，幽室千秋梦化烟。

松槚春阴风里重，狐狸日暮陇头眠。

遥怜一昨清明节，稚子随人展暮田。

白天朱自清要上课，晚上他又要准备下次上课的讲义，此外还要经常熬夜写稿补贴家用，再加上又要照顾六个孩子，因此朱自清过得十分辛苦。

朱自清在清华的好友顾颉刚看见朱自清这个状态，曾多次劝朱自清续弦再娶。此时的朱自清在文坛上已经有了一定的声望，顾颉刚也觉得朱自清如果为了这些家庭琐事耗费太多时间必然会影响他在文学上的成就，因此他不厌其烦地为朱自清做起了媒人。可是朱自清却已经下定决心，因此，对于顾颉刚的劝说，朱自清不止一次拒绝，甚至他还为顾颉刚写下了《颉刚兄欲为作伐，赋此报之》的诗来说明自己的立场。

1930 年 8 月，朱自清的另外两个好友，叶公超和溥侗忽然邀请他到城南陶然亭酒楼饮酒，老朋友邀请，朱自清自然去了，可是到那里后他才发现，原来这两个朋友是拉自己相亲来了。而相亲的对象，便是陈竹隐。

陈竹隐 1903 年出生于成都。陈家早先为书香世家，家底殷实，在蜀中十分有名。不过常言道："富不过三代。"陈家历经数代之后，还是衰落了。

陈竹隐有十二个兄弟姐妹，而陈竹隐又是其中排行最后的一个，因此分外得父亲喜欢。虽然家中日子过得很清苦，但陈竹隐到了 8 岁，父亲还是送她去上了私塾。哥哥们又经常带《小说月报》《东方杂志》这些书刊给她看。后来陈竹隐通过自己的刻苦努力，又考上了四川省第一女子师范学校。16 岁时，陈竹隐的母亲不幸病逝，陈竹隐的生命中从此便缺失了母爱。然而上天对陈竹隐的折磨似乎还不够，厄运再次袭来，陈竹隐的父亲因为母亲的逝去而忧伤抑郁，不久也去世了。

陈竹隐从师范毕业之后，只得依靠自己生活，她考入了青岛电话局，找了一份接线员的工作，并以此谋生。可是陈竹隐却是个渴望学习的人，在这里做了一年之后，她又考入了北平艺术学院，师从于齐白石、萧子泉等人，并专心于工笔画的学习。陈竹隐十分喜欢昆曲，因此便在红豆馆主溥侗门下学习这门曲艺。

溥侗是清朝末代皇帝溥仪的族弟,民国四公子之一。他不仅诗词歌赋皆通,琴棋书画皆晓,而且对于音律、碑帖、治印都十分精通。他最喜欢的自然是曲艺,而昆曲又是他所擅长的,因此陈竹隐在他手上学到了不少东西。

从北平艺术学院毕业之后,陈竹隐在北平第二救济院谋了一份差事。这里的孩子大多是孤儿,他们的遭遇让陈竹隐十分同情,甚至感同身受。陈竹隐也十分喜欢这些孩子们。他们纯真的心灵,无邪的笑容,清澈的眼睛让陈竹隐感到十分快乐。然而就在这时,她却发现了一件令她非常不舒服的事情,她发现院长竟然克扣这些孤儿们的口粮,竹隐一怒之下辞职做了家庭教师。

此时的竹隐还在溥侗门下学习,而这一年她已经 27 岁了。这样的年纪,对于那个时代的女性来说,无疑是一个标准的"剩女"。而这个"剩女"又是溥侗的爱徒,溥侗自然不忍心看竹隐错过嫁人的年纪,于是便向她介绍了朱自清。

1930 年 8 月的一天,夕阳即将落下,天边的火烧云像是在红色的染缸里染过一般,显得格外艳丽。北平陶然亭酒楼此时显得格外热闹,在一张安静的桌子旁,清华教授叶公超和名震一时的红豆馆主溥侗正相对而坐,他们的身边还跟着一个女子。

朱自清接到这两位好友的邀请后,急忙赶了过来。不知道是不是因为要见朋友的关系,那天朱自清穿得格外整齐。米黄色的黄绸大褂,金丝边眼镜,睿智的双眼,都给人一种干练温雅学者的气息。

踏进陶然亭酒楼,看到好友叶公超和溥侗时,他也注意到了他们身边的那个女子。她十分娇俏，皮肤白皙，两只眼睛则如秋水寒波，带着一丝伶俐与婉约。

第一次相见，对于朱自清的印象，陈竹隐在后来所写的文章《朱自清：情如潭水》中回忆道："那天佩弦穿一件米黄色绸大褂，他身材不高，白白的脸上戴着一副眼镜，显得文雅正气，但脚上却穿着一双老式的双梁鞋，显得有些土气。回到宿舍，我的同学廖书筠笑着说：'哎呀，穿一双双梁鞋，土气得很，要是我才不要呢！'"

那时候的大学教授，都应该是穿着皮鞋的，而朱自清脚下的这双老式双梁鞋，却让陈竹隐对他的印象大打折扣，然而即便如此，爱情却还是如清风一样到来了。

陈竹隐并未因为朱自清脚下的那双老气的鞋和同学的评论就对朱自清有成见，因为她早已读过朱自清的文章了，并且对他文章印象深刻，因为他自五四运动之后就打破了别人对于"美文不能白话"的论断。

自从第一次见面之后，朱自清便对陈竹隐这个娇俏的少女念念不忘。竹隐的灵动和婉约早已打动了朱自清，而朱自清的儒雅和绅士也早已吸引了竹隐。

三十年代最繁华的虽然是娱乐场所林立的上海滩，可是北平作为数朝帝都，电影院这种娱乐场所还是有的。不久之后，朱自清便邀请了竹隐一起去看电影，而竹隐亦欣然赴约。

看完电影之后，朱自清立即给竹隐写了一封信，并称呼她为"陈竹隐女士"，落款则为"朱自清"。而竹隐则亲切地称呼朱自清为"自清先生"，落款则是"陈竹隐"。不久之后朱自清则直接称呼竹隐为

"竹隐弟"，而竹隐则直接称呼朱自清为"先生"，并且邀请他和自己在周末交流对于电影的看法。

秋天来临的时候，北平香山的红叶如同那些舞女的嘴唇一般娇艳欲滴，每一片红叶都似被红色的染缸水浸染过，火红火红的。红色的枫叶落到地面上，就像给整个香山披上了一件红色的婚纱，而香山此刻则成为一位娇艳的新娘。

朱自清和竹隐并肩同行，漫步于这香山中的红叶树下，眼角眉梢都带着微笑，宛如一对玉人。竹隐轻声吟诵道："停车坐爱枫林晚，霜叶红于二月花。"她身边的朱自清则立刻朗声接道："枫叶罗裙一色裁，芙蓉向脸两边开。乱入林中看不见，闻诗始觉有人来。"两个人听到彼此的声音，同时将脸向对方望过去，当他们看到对方眼中那温柔的波影时，嘴角不由泛起了微笑，心中宛如被蜜糖浸过，甜蜜的感觉顿时在心中蔓延开来……

香山同游之后，朱自清对竹隐的好感更加深了。但这时的他们，一个居于清华园，而另一个则住在中南海。两地相隔甚远，来往也十分不便。那个时候清华已经有了校车，每天从清华开到城里头再回来，要来往的话就靠校车这么交往，没有来往的时候，就靠信件，所以两人那个时候信写得比较多。

在同游香山之后不久，朱自清便给陈竹隐写了一封信。

我佩服你那样若即若离的态度。你真是聪明人！——原谅我，我用聪明两个字太频了，但我惭愧，实在找不出别的字来说明我的意思。

自然，更有意思的是我们的散步——其实老老实实应该说是走路！

可惜天太冷了，又太局促，比上星期在北海雪月交辉里的要苦些，你说是不是？希望下一星期有一个甜些的——当然还是散步。

从信中我们不难看出，朱自清在和竹隐交往了一段时间之后，他们两人相互之间已经十分熟悉了，两人不仅曾经同游香山，更在月光皎洁、大地银装素裹的白雪之夜一同在雪中漫步。不过两个人却在雪中冻得瑟瑟发抖。

不过两人此时的关系虽然很好，但是却并未到恋人的那种亲密程度，竹隐对朱自清还保留着一丝抵触，想要和他保持一些距离。

对于朱自清的来信，竹隐自然是做了回复，而且对于朱自清在信中所提到的内容，她都一一进行了驳斥。

我的态度是若即若离吗？我自己倒不觉得，我只发现自己太憨直了，太欠含蓄。

从来信中，我发现了信的原则：以"聪明"代"笨人"，以"笨人"代"聪明"；这样一来，似乎字典都非重行改编不可。而在新的字典未出版以前，这笔账仍然算不清楚，只有"由他去吧！"

原来散步还有"甜"与"不甜"之分？这也是第一次知道。很盼望能实际领教，一笑。

竹隐的信并不算十分凌厉，也不是如同让人下不了台的那种疏离，她虽然愿意同朱自清一起散步，可是却又抗拒着和他的进一步靠近。

此时的竹隐，心中是十分矛盾的。一方面，她欣赏朱自清的才华，对他很有好感；另一方面此时的她只有二十多岁，可是让她去嫁给一个鳏夫，并且要承担起照顾六个孩子的责任，这让这个小姑娘面对朱自清的爱时，多少有些诚惶诚恐。

凤求凰

面对竹隐不冷不热的态度，朱自清多少有些着急，可是爱情却又是用不得强的，于是眼见散步、看电影、吃饭这些活动追求无效的情况下，朱自清发动了情书攻势。

1931 年 3 月 1 日，朱自清给竹隐写了这么一封信。

……一早就醒了，躺了一两点钟，想着香山，想着北海，想着黔阳馆，想着昨晚走过的路径，想着一个人的名字！这个人的名字几乎费了我假期中所有的独处的时间！我不能读书，不能写信，甚至看报也迷迷糊糊的！我相信是个能镇静的人，可天知道，我现在是怎样的扰乱啊！希望剩余这几日，能够"平静"一些。可是，你知道，我怎么能够呢？

朱自清不愧为第一个打破了"美文不能白话"论断的人。他的情书不仅在字形排比上的运用很美，就连行文间也带着一股只求不得的哀伤，让人有一种看了便很心疼的感觉。

朱自清在写完这封信之后，便将之前称呼的"竹隐弟"改为了隐弟，而竹隐也不再称呼朱自清为"先生"了，只是以他的字"佩弦"为依据称呼他为"佩哥"，两个人的关系就在这称呼的改变中亲近了不少。

而此时朱自清对竹隐用情书狂轰滥炸似乎也有了一丝成效，在一封给竹隐的信中，朱自清曾经这样说道。

这一回我们的谈话，似乎有一点和从前不同的地方，就是我们已渐渐地不大矜持了。这一层我想你也会觉得的。相当的矜持，或闪烁，在我看是免不了也少不了的，这是一种趣味——至少是我的趣味，但大量的脱略更是必要，这样，谈话才是一种美妙的休息。

很显然，在情书狂轰滥炸的同时，朱自清还不忘配合了友军——请了竹隐和他一起谈话。而且这次谈话看起来相当成功，竟让他们渐渐不矜持了。

但是刚刚在爱情战场上取得了一点成绩的朱自清很快便失落了起来。因为此时的竹隐忽然开始故意疏离朱自清了，不仅不再像以前那样保持距离，更有一种想要直接和朱自清撇清关系的感觉。

此时的竹隐已经决定不再和朱自清纠缠，因为她觉得自己绝对不可能有照顾那六个孩子的能力。而竹隐的内心却是喜欢着朱自清的，为此，她万分痛苦地写了一封十分含蓄的信寄给朱自清。

据说，近来的"上帝"颇为忙碌，因为他凭空地要耽心了人间的一件事。你不是也说过吗？你心底的"秘密"只有"上帝"才知道。

其实，"上帝"无论怎样聪明，怎样风韵，他才真不能了解到心底的秘密并为之而耽心呢！不过人们到了无可奈何时，总喜欢把责任交付给他，他自然只好无条件地接受着，这话你也认为有相当的理由吗？

朱自清收到竹隐的这封信之后，自是知晓竹隐心中所想。立即又写了一封信回给她，不仅表达了他对于陈竹隐炽烈的感情，而且叫她要相信自己。

你像一颗水晶球，上面栖不住半点儿尘土。但我究竟也没有什么秘密的，我只是在等一件事，这件事定了；这件事定了，一切计划也便容易定了。我想你猜得出这是一件什么事。你问我怎样度过就要来到的春天，我现在只能说我有很好的期待；好在春天就要来到，咱们总会知道怎么办的。春天可以给人力量，正如她给花草以力量。我知道你是懂我的，隐弟，我更愿意你能相信我。

写这封信的时候，朱自清已经有很严重的胃病，在给竹隐写信的时候，他正在胃疼的煎熬期。不久之后朱自清的胃病稍微好了一点儿，也能勉强进食了。竹隐对朱自清在病中给自己写信自是十分心疼的，但此时的她也患上了伤风病，而且病了好一阵子。

竹隐的心中开始慢慢接受朱自清，对于那照顾六个孩子的重担，这个身体娇弱的女子，正在尝试着一点一点地去挑起来。

新年到来的时候，整个北平城中都响着鞭炮的声音，朱自清独自一人伫立窗前，看着北平热闹的万家灯火，听着耳边时不时响起的鞭炮声，心中忽然有些感伤，如果竹隐肯接受自己和自己在一起的话，只怕此时，他们一家也会这样快乐吧？

此时，其实还有另外一件事在困扰着朱自清，竹隐有一个姓江的女性朋友邀请她一起去南京。朱自清担忧，如果竹隐去了南京，自己和她这刚刚才看见一点儿火苗的爱情怕就要被这南京和北平两地之间的风给生生吹灭。

想到这里，他便又忍不住提笔给竹隐写了一封信。

你说江小姐让你上南京去，你问问我的意见。我想了一回，决定不下这件事，因为这是很难决定的，但你若真去南京，对于你此地的朋友们，那是一种很大损失，这却是一定的。

朱自清自然是希望竹隐能够留下来的，自己是那样喜欢她，他实在不愿因竹隐去了南京，便让自己和她此生错肩而过。但是他亦尊重竹隐的想法，他希望她能过得快乐，希望她能从心而欲，不希望因自己的意见让她作出令她后悔的决定。可我们能看到此时的竹隐和朱自清的关系自然是极为亲密的，连去不去南京这样一个重大的决定，陈竹隐都交给了朱自清来决定。此时的她，只怕朱自清说出让她为自己留下的话，她便会马上留下来。

但朱自清并没有，他只是从她对于她的朋友们的重要性说出了这样一番话，然而这个理由，却足以让竹隐留下来。

竹隐终于留了下来。正如她在《朱自清：情如潭水》一文中曾写到的："我与他的感情也已经很深了。像他这样专心做学问又很有才华的人，应该有人帮助他，与他在一起是会和睦和幸福的。"此时的她，只怕是早已成为了朱自清爱情的俘虏。

朱自清得到竹隐留下来的消息，自是满心欢喜，他亦如鲁迅之于许广平一般，开始絮絮叨叨地给竹隐写信。而信件的内容，不是今天和朋友看了两场电影，就是今天又发了胃病，或者上星期又去庆春林玩了会儿，有时候甚至北平刮了大风他都不忘记给竹隐扯上一大堆话。

恋爱中的人总是如此可爱，恋爱中的男人尤其可爱，恋爱中的男性文人怕是世上最可爱的存在之一，他们愿意将自己生活的一切都与爱人分享，就连生活中的琐事亦不例外。

这年三月的时候，朱自清在给竹隐的信中送了一些明信片和照片，并表达了自己想要得到一张竹隐照片的心愿。即便是在当代，男女之间相互保留着对方照片的，也大多是恋人和夫妻，更何况是在那样一个年代里。只要竹隐一旦将自己的照片给朱自清，只怕这便已宣告了两人的关系了。

不久之后，竹隐果然给朱自清寄来了自己的相片。这张相片的到来，让朱自清欣喜若狂，这个他追求了这么久的女子，终究还是接受自己了。

琴瑟起

收到竹隐的照片之后，朱自清之前的担忧如风吹云散般消失不见，取而代之的，则是心中那股淡淡的甜蜜。他写给竹隐的信也更加频繁了。

两个人不仅谈论自己身边所发生的事情，而且经常携手出去游玩，5月16日的那天晚上，朱自清和竹隐又进行了一次会谈，就是在这次谈话中他们决定订婚了。

之后，朱自清又给竹隐写了一封信。

十六那晚上是很可纪念的，我们决定了一件大事，谢谢你！这件事我原想那天向你说，因你病了，想等你好时再说……想送你一个戒指，下星期六可以一同去看。但关于这种事，我向来没留意过，不知应该到什么地方去看。

在这封信中，朱自清决定要送一枚戒指给竹隐，并且邀她和自己一同去看看。自此，朱自清和竹隐的关系完全确立了下来。

确立关系后的二人，自然不会再如之前那般疏离，就连朱自清写给竹隐的信，称呼也由"竹隐"变成了"亲爱的隐"，而自称则由原来的"朱自清"变成了"清"，仅在称呼上，就可以看出两人感情上的进展。

今早醒来，因倦懒得起来，模模糊糊地直想着你，直想非非的境界。我这一年被你牵引得真有些飘飘然；现在是一个多月了，不曾坐下看一行书。你，这可恨的！你说这光景是苦不是甜；不错，但深一些说，这正是"别一种滋味正在心头"哟。

在这封信中，朱自清对于竹隐已然是十分想念了，甚至早上醒来都一直想着她，与她订婚后也因此而不曾翻过书，甚至还俏皮地称陈竹隐为"可恨的"。

而在另一封信中，则表明了在订婚之后，竹隐在朱自清心中究竟是一种怎样动人心魄的美。

这几天虽然疲倦，但前天下午却给我新的振作。你的衣服，我很喜欢，如汪汪的潭水。一看你的眼睛便清明起来。我更喜欢看你那晕红的双脸，黄昏时的彩霞似的。谢谢你给我的力量！

有人说爱情能够让人产生别样的力量，在别的情侣身上不知道是否能看到这样的情形，但是在朱自清和竹隐这对情侣身上，这样的状况确实是存在的。此时的竹隐在朱自清心中不仅具有别样的美感，而且此时的她就像万能神药似的，竟能让朱自清直接振作起来。

本来订婚之后的朱自清和竹隐二人应该是在不久之后就要结婚的，可是好事多磨，清华有一项规定，凡是在清华任教的教授，每工作五年，便可出国休假一年。

虽然当时朱自清在文学上已经有了一定的造诣，也有足够的资格在清华任教，但当时清华有很多教授都出过国，而朱自清在这方面与其他教授相比就相形见绌了。因此他觉得很有必要出去看一看外面的情景，了解一下国外的文学，提高自己的英文水平。可这样一来，就意味着朱自清和竹隐可能又要分别一年之久了。

朱自清的这个决定，竹隐自然是同意的，他们两人互相约定，一年之后她到码头上去接他。朱自清决定八月份出国，此时离八月份还有几个月。也就是在这样一段时间，朱自清和竹隐写下了大量的情书，互诉衷肠。

亲爱的宝妹妹，你的信使我不知怎样才好；你这可恨的"小东西"！我为了你，这些日子老是不能安心念书。我生平没有尝过这种滋味；很害怕真会整个人变成你的俘虏呢……好好地，安安静静地，别七上八下地乱想，我亲你，小东西！

竹隐的另一个名字叫宝珍，这个时候的朱自清则时常称竹隐为宝妹妹，有时候甚至直接称她为"宝宝"。除却这些称呼外，朱自清还直接在信中称呼她为"小东西"，这样的如同大人对小孩子一样的称呼，展现的却是朱自清对于竹隐的无限溺爱。从这些文字中，仿佛可以看到朱自清在写这些信时眼底的温柔与眷恋。

朱自清此时给竹隐写信的落款已经不再是"清"了，而是"你的清"、"你的弦"，这是一种多么温柔却深情的落款，自己宣布了自己的所有权归属竹隐了。

　　转眼间已到八月，朱自清终于乘车离开了北平。在离别的时刻，竹隐去送他。她并没有流泪，连嘴角都是带着微笑的，但是朱自清却知道，她的内心是苦涩的。

　　车终究还是要出发了，伴着悠长悠长的汽笛声。朱自清坐在车上，看着站在站台上的竹隐，不由得一遍遍将头回望。那一天的下午，朱自清坐在车上，开始给竹隐写信。

　　亲爱的隐妹，早晨的别，你居然能够不流泪，真有些出我意外，但是很好，我知道你的心，在你微笑的底下的心；你的心是苦的，我知道。你回去也许终于忍不住要流泪，但我总希望你宽心些。车上最末的一瞥到你，我永久不会忘记。下午正在车中睡着了，梦中模模糊糊地似乎总没有离开你。

　　朱自清出国的路线主要是从北平到秦皇岛，然后再转至沈阳，进入俄国，之后再游学于整个欧洲。

　　每到一处，朱自清必然都会给陈竹隐写信。到达东北，朱自清就写信给竹隐讲述在东北松花江上泛舟时的悠然；列车穿行过海拉尔，朱自清就写信讲述海拉尔原野的荒寂；在法国，朱自清就给她讲述凯旋门的雄伟，并寄了一张法国巴黎埃菲尔铁塔的照片给她……

　　而竹隐在这一期间亦会写一些诗寄给朱自清，而每次朱自清也会做一些点评。渐渐地，朱自清发现竹隐写的诗越来越好了。不久之后，朱自清便转入了伦敦大学学习英语。

身在异国，朱自清一个人游学，只是停止不了对竹隐的想念，但是此时的竹隐或是由于太忙，竟常常让朱自清感觉有些失落，朱自清连忙给竹隐写了一封信，表达自己的抗议。

亲爱的隐妹，我有十多天没给你写信了；这是我的抗议，因为我出国快两个月了，只接你四封信！（八月二十三日，三十日，九月十日，十九日），照你写信的日期来看，大有愈过愈延搁之势，这个我当然不希望的！你能够，愿意按照我们原来约定的，每星期给我一信么？

这封信发出之后不久，朱自清便再次收到了竹隐的来信，而且信中的内容让朱自清颇为高兴，于是他便立即回了一封信，而且在信中写了两首诗，表达自己对于竹隐的思念和自己内心的孤独。

其一：婉转腰身一臂支，双眉淡扫发丝丝。
　　　　桥头午夜留人坐，月满风微欲语迟。
其二：寄愁无册倍堪伤，异国秋来草不黄。
　　　　山海万重东去路，更从何处着思量。

在异国他乡的这段游学时间里，朱自清游历了整个欧洲，但是却依旧没有忘记远在祖国的恋人，他时时想着她，给她写信。

鸾凤鸣

　　1932 年 7 月 31 日，朱自清终于结束了欧洲游学，乘船回到了国内，而竹隐则按照两人先前的约定前去迎接，在相见的那一刻，两人紧紧相拥，仿佛此生再也不愿分开。

　　此次回国，朱自清带回了一件礼物——留声机，并将它送给了陈竹隐。

　　1932 年 8 月 4 日，也就是朱自清回国四天之后。他和竹隐在上海杏花村酒楼举行了婚礼，朱自清的亲朋好友都到场见证他们这对恩爱夫妻的爱情。

　　婚后，朱自清和竹隐回到了北平，并居住在清华园。陈竹隐在婚后挑起了照顾六个孩子的重担。

　　这时的朱自清是快乐的，刚刚从欧洲游学回来，风头正盛，又娶了漂亮的竹隐做妻子，他的内心压抑不住快乐，于是便写下了那篇让世人称道的著名散文《春》。

　　盼望着，盼望着，东风来了，春天的脚步近了。

　　一切都像刚睡醒的样子，欣欣然张开了眼，山朗润起来了，水涨起来了，太阳的脸红起来了。

　　小草偷偷地从土地里钻出来，嫩嫩地，绿绿地。园子里，田野里，瞧去，一大片一大片满是的……

    婚后刚开始的一段时间总是快乐的，竹隐每日看到朱自清早早地出门教书，晚上又看到他伏案写作，此时的她，觉得只要和朱自清在一起，心里便是满满的幸福。但是，婚后的蜜月期无论怎样甜蜜都不足以证明这段婚姻是否足够坚固，真正考验一段婚姻的是这段婚姻的男女主角在度过了蜜月期之后是否还能恩爱如初，因为生活最终总是要回归于平淡的。

    很显然，朱自清和竹隐的婚姻亦如大多数人的婚姻一样，在经过了婚后蜜月期的那一段快乐时光之后，初为人妻的竹隐，终于渐渐体会到了自己理想中的婚姻和现实的差距。

    没有结婚之前，她是齐白石等国画大师的得意弟子，又是溥侗的爱徒，同时她的性格宛如山间的清风，活泼而灵动，再加上极善交谈，因此同学朋友都非常多。她更是常常和这些朋友们一起去野外面对着青山秀水写生，有时候也会和她们一起去戏院里看戏，讨论演员的功底和水平。

    但是现在的她却像是被囚禁在笼中的鸟儿。不仅要照顾朱自清的生活起居，还要负担起照顾六个孩子的责任，她常常得对着昏黄而幽暗的灯光给这些孩子缝补衣服，有时候还得在这些孩子们睡着之前给他们讲讲故事，甚至有时候在这些孩子们吵闹起来时，她还得在中间充当和事佬以及审判官，调停他们的纷争。

    和朱自清结婚时，竹隐只有 29 岁，这正是一个年轻又喜欢热闹的年龄，青春的痕迹在她的身上还未褪去，她却不得不如囚徒一般守在六个孩子的身边，不仅没有了当年时常出去游玩的闲适，就连出去转一转似乎也都成了奢望。

不仅如此，因为抚养着六个孩子的原因，家庭的开销自然也是格外大的，家中的经济一下子拮据了起来。虽然朱自清在婚后很快便投入到了工作状态，他不仅白天要上课，而且每天晚上又要熬夜写作，有时甚至写到凌晨才休息。但是朱自清的写作速度相当慢，一天才能写五百字，这样的创作速度所带来的收入，显然是很难负担起一家人八张嘴的吃饭穿衣的。因此操持一家人生活的竹隐，肩上的压力便显得格外大。

那时，竹隐甚至还去医院卖过几次血来补贴家用，减轻朱自清身上的负担，然而这一切并不为朱自清所知晓。他甚至不知晓竹隐心中所思所想的究竟是什么，她在婚后到底过得快不快乐，这一切，朱自清都不曾注意到。

朱自清习惯了以前和武钟谦在一起时候的生活，自己在外挣钱，家里有妻子照料着，每次回来，武钟谦都会把热菜热饭端上来，自己吃完之后，再去忙别的。他与武钟谦一起生活了 12 年，早已习惯这样的生活，并且他以为竹隐也能够习惯这样的生活，因此完全没有考虑到竹隐的感受。

有一回，朱自清如同往日一样从学校回来，然而此时的饭菜早已上桌多时，基本上已经冷了。朱自清在学校本来就已经十分劳累，回到家中自是想吃上一口热的饭菜，但此时遇到这样的情况，想到武钟谦以前在的时候从未出现过这样的状况，他的心中有些烦躁，不免嘟囔了几句。但是这两句嘟囔却像是一点儿火星，瞬间便点燃了许久以来竹隐内心的苦闷和抑郁，以至于竹隐在收拾碗筷时发火气般地叮铃哐啷敲打着锅瓢碗筷。

看到竹隐发火的样子，朱自清的脸色不禁显得有些难看，他想到武钟谦这么多年来都未曾因为这样的事儿发过脾气，没想到现在陈竹隐竟然就这样发脾气了，朱自清不由得开始怀恋起武钟谦的好来。

因为陈竹隐曾用敲打锅碗瓢盆的方式来表达自己的不满，朱自清亦采取了冷战的方式来表达自己的态度。

有一回，竹隐的好朋友宁太太到朱家来拜访，一直闷在家中的竹隐自是非常高兴，她立即拉着宁太太聊了起来，聊她喜欢的工笔画，聊她喜欢的昆曲，聊社会上的一些时事……她和宁太太聊得十分开心，一直没有注意到朱自清就在自己跟前读报，更没有意识到自己和客人的谈话会导致一向喜爱安静的朱自清一个字也看不进去。

朱自清是一家之主，按照规矩本应该是由他来招呼客人的，可是朱自清看到竹隐的状态，便一直冷着脸，将头埋进报纸里，对竹隐和宁太太视而不见，一句话也没有说。

此时的朱自清越发地怀念起武钟谦来，要知道以前他无论是在读书或者写作时，武钟谦都会将孩子们带到一旁，给他一个安静的环境，避免打扰到他写作，但是此时竹隐却似乎根本不了解自己。

竹隐是个感情细腻的女子，在客人走后，她自然是发现了朱自清的状态，她意识到了自己刚刚的行为必然是惹恼了朱自清，她本来想去向朱自清道歉的，但是看到朱自清那冷着的脸，却还是放弃了。只是心中的委屈却猛然间多了起来，让她不由得想流泪。

在这样繁重而压抑的环境下生活着，这对于竹隐这样活泼灵动的女子无疑是一种折磨，她开始怀念婚前的日子，怀念那在纸上晕开的色彩，怀念那曲调婉转的昆曲，怀念自己以前最快乐的时光……

有一天，竹隐再也忍不住内心的悲伤与压抑，忽然哭了起来。这一下子便让朱自清慌了，他怎么也没料到在自己游学将要离开北平时都未流泪的竹隐怎么会在这时哭泣了起来。他连忙问竹隐原因，不料竹隐却越发地感到委屈与难过，在断断续续的哭声中，她将自己这段时间内心的压抑与委屈全部都说给了朱自清听。

朱自清一边听着，一边却是怔住了，他怅然地叹了一口气，忽然想起了结婚前竹隐的生活。他这才发现，原来竹隐为了这个家已经很久都没有碰过她喜欢的工笔画了，也没有去听一出她曾那样喜欢的昆曲了，甚至连自己这个狭小的家，她都很少踏出一步。

朱自清突然有些愧疚，他警告自己决不允许再出现这样的事情了。

朱自清既然已经知道了事情的缘由出在哪里，便自然针对这些问题想出了解决的办法。他开始每日在课后便早早回家，在吃完饭之后，有时会和她携手在清华园漫步。当橘黄色的夕阳照在活泼的竹隐身上，朱自清觉得她煞是好看。

有时朱自清亦会带着竹隐去听一听昆曲，虽然家中经济拮据，虽然这种活动的次数很少，可是每次听完之后，两人趁着月色出来，看见走在皎洁月光下，脸上带着微笑，轻哼着昆曲中的桥段的竹隐，朱自清的心中却感受到别样的快乐。

问题渐渐得到解决，两个人的日子也越过越快乐起来，朱自清写文章也开始征求竹隐的意见了。有一回，他写了一篇名叫《女人》的散文，里面有一句："在路上走，远远的有妇人来了，我的眼睛像蜜蜂们嗅着花香，直攫过去。"

"攫"字本来指动物的爪子和手指的抓取动作，但是朱自清却用在了这里，他又担心这个字用得不合适，于是便询问竹隐的意见。竹隐斟酌了一番之后回答道："这样一用，更可见急切和热烈的心情了。"

这样的回答，让朱自清肯定了自己内心的想法。之后凡是遇到这样的问题，朱自清都会和竹隐讨论，随着讨论的次数越来越多，两个人的感情也越来越深厚了。

共患难

1937 年 7 月 7 日，"卢沟桥事变"爆发，日军开始全面侵华，北平的形势也突然危急了起来，众多高校纷纷迁往云南昆明组建西南联大，教授们也随校搬离。朱自清作为清华的教授，自然也迁到了西南联大，而竹隐带着几个孩子亦跟随在他的身边。

时值抗日期间，物资稀缺，物价飞涨。西南联大教授，虽然尚在编制之中，但是大多却衣不蔽体，食不果腹。

有一回，朱自清外出，一个乞丐突然跟在了他身后，朱自清走到哪里，那乞丐就跟到哪里，朱自清为了甩掉那乞丐，于是便停了下来。那乞丐正准备伸手要钱时，朱自清忽然说道："老弟，我是教授！"那乞丐一愣，收回了双手，眼中闪过一丝鄙夷的神情，一句话也不愿说，转头便走。

竹隐在和朱自清结婚之后，又为他添了孩子，日子便过得越发艰难了。朱自清为了缓解家中的经济状况，常在学校食堂和学生们一起吃饭，以减轻家中负担。

然而这样的举措并没有改变家中大的经济状况，就在这时，竹隐却提出了自己带着孩子离开西南联大，回到自己的老家成都。一方面可以让朱自清安心工作，另一方面可以减轻他的负担。

朱自清对于竹隐的这个举措自然是不同意的，可是他又难以说服竹隐。

艰难的日子终会过去，而光明也即将到来，抗战胜利之后，原本组建西南联大的名校纷纷北迁，回到自己原来的地方，而朱自清也回到了北平。

但此时国内的局势还未完全稳定下来，再加上国民党在经济上的失败，大量发行纸币，导致国内物价飞涨。美国则在此时一方面鼓动国民党打内战，另一方面又将救济粮运到中国来掩饰自己的罪行。

此时，朱自清家中的情况已经陷入了极度贫困，但是在那份拒领美国面粉的宣言被人送到家中来时，他却毅然决然地在那份宣言上签上了自己的名字。

此时的朱自清，身体状况已经十分糟糕了。早年他便患有十分严重的胃病，现在因为贫困，他的胃病更加严重了。1948 年 8 月 6 日，朱自清动了胃部手术，但是在两天之后他却又出现了尿毒症的状况。

朱自清自感时日不多，在临终前将家人都叫到了自己身边，并对他们说："有件事要记住，我是在拒绝美援面粉的文件上签过名的，我们家以后绝不买国民党发售的美国面粉。"

竹隐看着他羸弱的样子，泪水不由得流了下来，而她身边的孩子们，泪水也止不住了。

两日之后，朱自清最后看了一眼让他眷恋的尘世，让他眷恋的孩子们和竹隐，便离开了这个世界。

朱自清离世后，他的遗体在广济寺火化。骨灰运回来之后，供奉在了他曾经写作的那张桌子上，而那张桌子上的玻璃板下压着的，是他曾经写过的两句话："但得夕阳无限好，何须惆怅近黄昏。"

不久之后，清华在同方部为朱自清举行了追悼会，会场中央挂着朱自清的巨幅画像，四周则挂满了挽词和挽联。竹隐满脸憔悴地给朱自清写了一副挽联：

十七年患难夫妻，何期中道崩颓，撒手人寰成永诀；

八九岁可怜儿女，岂意髫龄失怙，伤心今日恨长流。

此后的半生，竹隐细心地整理着朱自清的稿件，又辛苦地将几个孩子拉扯大。1990 年 6 月 29 日，竹隐逝世。

图书在版编目(CIP)数据

愿有岁月可回首,且以深情共白头:听听民国那时他们的
爱情 / 汪晓寒著.—北京:中国华侨出版社,2015.8

ISBN 978-7-5113-5615-4

Ⅰ.①愿…　Ⅱ.①汪…　Ⅲ.①散文集-中国-当代

Ⅳ.①I267

中国版本图书馆 CIP 数据核字(2015)第191489 号

愿有岁月可回首,且以深情共白头:听听民国那时他们的爱情

著　　者 / 汪晓寒

责任编辑 / 叶　子

责任校对 / 志　刚

经　　销 / 新华书店

开　　本 / 670 毫米×960 毫米　1/16　印张/17　字数/217 千字

印　　刷 / 三河市华润印刷有限公司

版　　次 / 2022 年 2 月第 1 版第 7 次印刷

书　　号 / ISBN 978-7-5113-5615-4

定　　价 / 29.80 元

中国华侨出版社　北京市朝阳区静安里 26 号通成达大厦 3 层　邮编:100028

法律顾问 : 陈鹰律师事务所

编辑部 : (010)64443056　　64443979

发行部 : (010)64443051　　传真 : (010)64439708

网址 : www.oveaschin.com

E-mail : oveaschin@sina.com